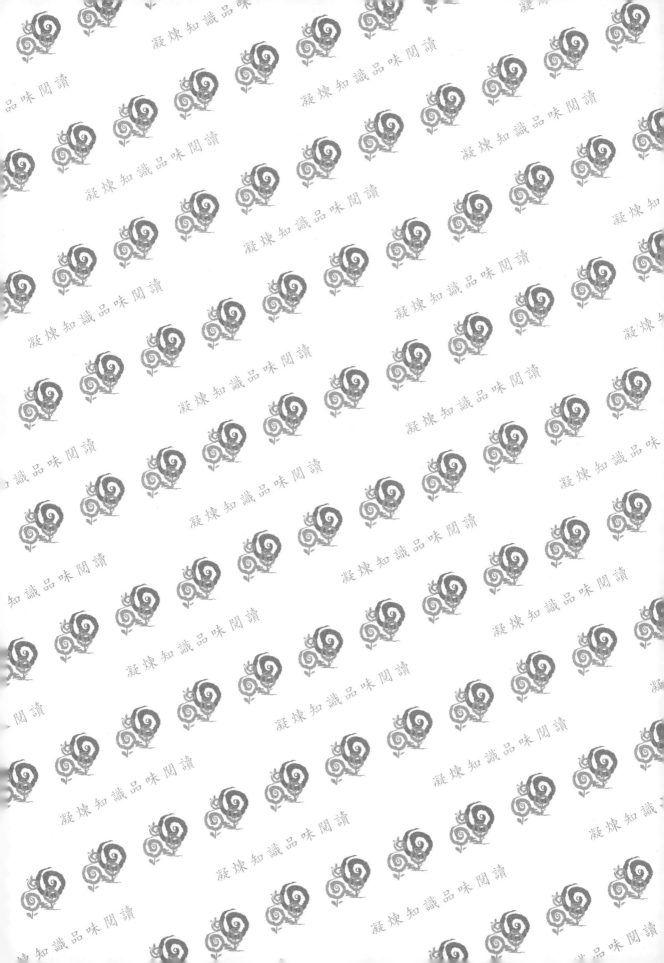

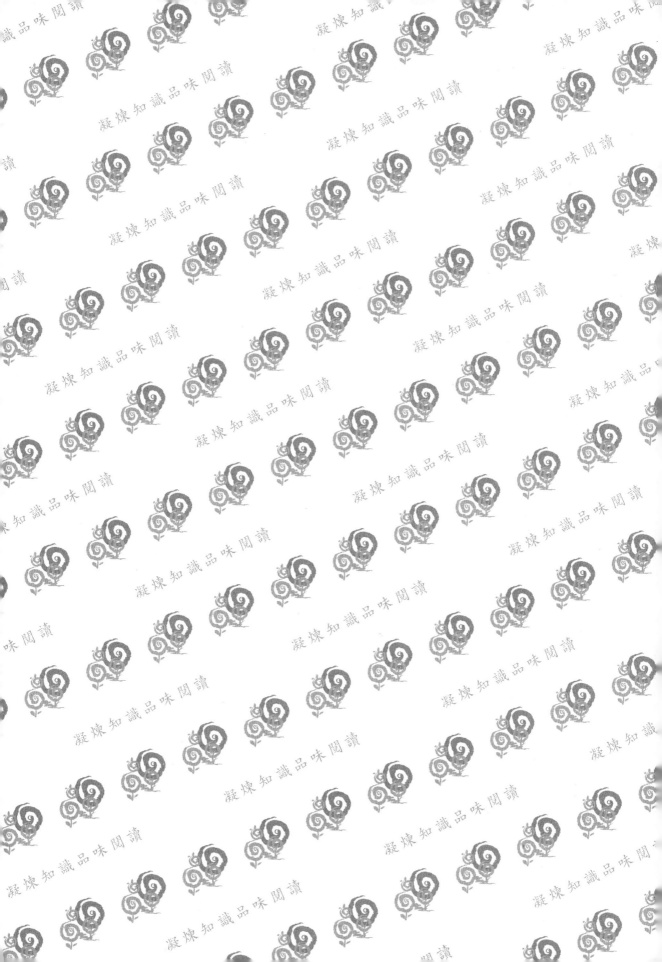

# 漢字
# 學堂

## 畫說地球與萬物的故事

高詩佳 / 陳世憲　著

# 閱讀《漢字學堂》

　　人類發明文字，創造了文明。其中漢字除了紀錄、傳播功能之外，還兼備了書法之美。從甲骨文、金文大篆、石刻小篆、簡帛隸書，直到紙張發明以後大量流傳的草書、行書、楷書。所有使用漢字閱讀的人們，因為漢字書法之美，自然而然增添了一層藝術欣賞的喜悅。

　　《漢字學堂》是一本相當特別的漢字讀本，這本書把一百個漢字變成一百篇逸趣橫生的小故事，每一則故事限定在400個字以內，再配上一百幅興味十足的書法小品，意象鮮明、淺顯易懂、內容包羅萬象，可說是圖文並茂、老少咸宜。這一百篇故事的執筆者高詩佳小姐是國內知名的創意作文教師，插圖者陳世憲先生是當代知名的書法藝術表演工作者。閱讀《漢字學堂》就好像聆聽高詩佳講故事，講古今中外、臺灣原住民等古老的神話與傳說，同時觀賞陳世憲寫毛筆字，左手捧著墨汁、顏料，右手抓著大小毛筆，盡情揮灑篆、隸、草、行、楷書，用豐富的肢體語言表演漢字藝術之美。

　　漢字的學習和使用，對不懂門路的人來說十分困擾，一旦抓到竅門就非常有趣。漢字個個獨立，數量相當龐大，一千九百年前，東漢許慎編寫的《說文解字》收字9,353個，加上重文（異體字）1,163個，分成540個部目。1994年中國大陸出版的《中華字海》收字多達85,568個，採用音序和筆畫檢字。事實上，就現代社會而言，出版印刷、辭書編纂、漢字資訊處理等所需要的通用字，大致維持在五六千字左右。古代流傳下來的識字讀本，字數少的像《百家姓》、字數多的像《千字文》，都有一定的編選道理。這本《漢字學堂》把一百個漢字分成〈人類篇〉、〈天地篇〉、〈奇幻篇〉、〈動物篇〉以及〈植物篇〉五大類，好像漢代黃門令史游編寫的《急就篇》，「羅列諸物名姓字，分別部居不雜廁。」譬如〈人類篇〉介紹了「人、耳、目、面、手……」等二十個和人體有關的漢字，這二十個漢字各自獨立，藉由書法插圖的導引，在閱讀過程中彼此互有關聯，擴大、深化了識字的效果。

　　以「人」字來說，讀者經由《漢字學堂》不但認識「人」的甲骨文、金文、篆文、楷書，更進一步體驗〈女媧造人〉的文學內涵，也欣賞了彩色創

意書法〈泥巴〉的筆墨意象。以「耳」字來說，〈千里眼與順風耳〉結合古典小說《封神榜》以及民間信仰《媽祖的故事》改寫而成，插圖「千里眼」與「順風耳」則創新文字成彩色書法。「目」字介紹〈三目神馬王爺〉以及「二郎神楊戩」、「面」字則繪寫南島語族男女紋面配上〈文身刺面〉的故事。至於「手」字改編自德國著名畫家杜勒名作〈祈禱之手〉背後的故事，同時創作了象形「手」字與草書「禱」字結合的書法小品。整體而言，文學、藝術與書法美學的滲透陶染，在《漢字學堂》這本書中隨處可見，這是坊間一般華語識字教材所罕見的。

　　華語教學是二十一世紀新興顯學，漢字教材的編寫與出版自然而然成為當代熱門文創事業。臺灣作為「正體漢字」保存的一大淨土，這本《漢字學堂》，猶如淨土上一畝長滿異卉奇葩的園圃，帶給讀者的必然是賞心悅目的收穫。

國立臺南大學國語文學系教授

黃宗義

2016/04/11

# 我愛紅娘，紅娘愛我，爲您搭起友誼的橋梁

　　紅娘者，初試啼聲是在唐代元稹的《鶯鶯傳》，而真正成名，為後人所熟知的那位，則是元代王實甫《西廂記》中，湊合張珙與崔鶯鶯的婢女。

　　少女時期的我，一度喜歡看電視節目「我愛紅娘」，望著素未謀面的男女在電視公開相親，參加者嬌羞扭捏、不自在的模樣，總感覺有趣（恐怕也是當年「少女情懷總是詩」的青春DNA作祟）。而主持人田文仲、沈春華極具默契的Slogan——「我愛紅娘，紅娘愛我，為您搭起友誼的橋梁」，更是令人印象深刻。

　　交代這些，為的是說明為何我被邀請（其實也是自告奮勇）寫本書序言的前因。詩佳和世憲兩位老師的過去我來不及參與（儘管詩佳在東吳大學就讀時，我也在台北念書；世憲兄雖是東海中文系畢業，當我到東海教書時，他早已畢業多年），然而，他們的未來我何其有幸，可以參與其中。

　　話說三年前，因為接任東海大學教資中心主任之故，忙碌於教學卓越計畫的執行，時常讓我陷於焦灼之中，但同時主持中區中文寫作中心計畫，讓我有機會思考中文寫作教育更多的可能，畢竟，我執教於中文系，學的是中文，愛的是中文，教的也是中文。在策畫寫作中心舉辦的實用中文寫作營時，我首先考慮找李崇建，他是東海畢業，人生精彩，千樹成林的創意作文班有聲有色，在很多人心中（也包括我），他是個不折不扣的心靈導師，不負所望，崇建慨然地答應我。其次，我思考找個能講能寫，也要能教的女性講師（我很在意性別平衡，這與天平座性格相通），放眼望去，學界熟識的女性友人不少，但我更希望是個有業界實務經驗，讓我得以有全新學習視野的講師，上網google多時，在「詩佳老師的文字城堡」臉書上，我停駐多時，之後，再以肉搜模式展開背景資料調查——東吳大學中文研究所畢業，曾任張曼娟小學堂、《聯合報》作文講師，「懷抱推廣文學、閱讀與寫作的理想，用新方法、新思維，提倡創意、思考、美感、文學……」。人鎖定了，怎麼連絡呢？我想起好友東吳大學沈心慧教授，從她那順利取得詩佳老師的電話……我們第一次隔空對話就此展開。和世憲老師又是如何相識呢？我考慮，如果中文寫作只著力在寫作文，是不是少了點什麼？文字創作除了詩、散文、小說、劇本……外，還能做些什麼，如果從「文創」二字著眼，我要怎麼走出一條不同於一般思維的路線呢？想起在系辦拿過的紅包袋，想起同事曾提及的世憲學

長，那個寫了一手好字，卻有一股腦的特殊思維。於是，幸運的我，在臉書很快地連絡到世憲老師（老實說，真是一個完全超過我想像的書法家啊！），他立即慨然答應，熱情地告訴我他的書法可以和音樂、舞蹈，「都有」關係；他的書法書包賣得不錯；他的書法每一幅都有故事；他去過歐洲、日本，很多很厲害的地方策展，……於是，在李、高、陳三位老師支援下，成就了中文寫作營堅強的師資陣容。

　　然而，我還在想，總得做些什麼，才可以讓老師和學生一起看到寫作營的收成（做計畫難免要些業績），為此，安排學員到聯合報、華山文創園區參訪，更積極的做法則是：以不設限的方式讓各組學員腦力激盪來個營隊成果競賽，力邀講課老師同台演出，既能滿足學生對老師的思念，同時做成果驗收，……那天午餐，崇建說好久沒看到世憲，平日不喝飲料的他，不自覺地喝光了；詩佳說先生文仁是東海畢業的，她其實常來東海；世憲說我住高雄離台南不遠，有空到我白河的工作室坐坐……當晚，崇建還得上課，我請詩佳、世憲老師吃江南菜（那是一家創意餐廳），除了相談甚歡外，我打趣地提了一個建議：說不定未來我們可以合作做些什麼……果然，成就本書的問世。

　　《漢字學堂：畫說地球與萬物的故事》全書一百篇，分天地、植物、動物、人類、奇幻五個單元，巧妙地結合詩佳和世憲說故事的能力。除了提供讀者認識漢字從甲骨文、金文、小篆、楷書的演變過程（這是文字學必練的基本功）外；來自東西方神話、民間傳奇的【故事新編】則是詩佳老師說故事（改編故事）功力的展現，而【畫說漢字】更是世憲老師奇思妙想的傑作。一本書，展現中文系出身的創作者合作，竟是如此地多元有趣，更精準地說，讀者買到的不只是一本書，其實是一部跨領域結合的藝術品。有幸受邀寫序，感念這段奇緣，頭一遭當了另類的紅娘，為他們搭起這座友誼之橋，下一本書，應該也不會讓我等太久吧！

東海大學中文系教授／中區中文寫作中心計畫主持人

林香伶

2016/03/20

# 文字故事與書法藝術的豐美之旅

高詩佳

　　草地上開滿了五顏六色的野花，伴隨著包裹了芬芳的溫暖空氣，那是一個醉人的時刻，新生命的夢，在昏昏欲睡的氣氛裡萌芽了。……現在，正是一年的黃金時期，萬物欣欣向榮，一派歡樂的景象。

　　以上的故事，講的是我們都很熟悉的字：「生」。這個字在甲骨文時期，下面的一橫代表地面，上面則是草的象形，指的是草木在大地滋長，金文、篆文都延續了這樣的字形，一直到楷書時，才呈現我們目前見到的樣貌。

　　從這樣的解說中，我們不難發覺，漢字的本身經常就是一幅圖畫，只要掌握解鎖圖畫的密碼，就能對漢字與漢文化，有更深入淺出的理解與學習。可惜的是，坊間這一類談論漢字的書籍，雖然早已汗牛充棟，但往往過度訴諸學術專業，而令大眾難以欣賞、閱讀，失去了老少咸宜的趣味；有些則缺少創作性的引導，以致於淪為工具書。因此，筆者與知名的意象書法家陳世憲老師，決定共同來完成這本**《漢字學堂：畫說地球與萬物的故事》**，實際上，就是為了走出一條創新的道路，讓認識漢字不再是枯燥無味的事，或是流於表面的記誦而不知其義。

　　在這系列的第一本書裡，我們總共收錄了一百個字，類型分別是「天地」、「植物」、「動物」、「人類」、「奇幻」等五大類，藉著說故事，勾勒出人類文明在創生時期，與大自然、信仰、氏族社會等最原始的接觸和往來。本書中，也盡量羅列出文字在「甲骨文」、「金文」、「小篆」、「楷書」時的不同樣態。甲骨文是殷商時期，出現在龜甲、獸骨上的卜辭。金文大多出現在東周，少數出現於商代或西周，是鑿刻於金屬器具上的銘文。有時視需要也收入金文大篆，相傳為周宣王時太史籀所創的漢字。小篆是秦始皇統一天下之後的字，本書以《說文解字》裡的小篆為主，字體較為統一對稱，有均衡之美。楷書則萌芽於漢代，興盛於魏晉南北朝和唐宋，是隸書演化而來的端正字體，到目前還相當通用。透過對這四種字體的演變說明，在【漢字學

堂】的單元中，我們將可以清楚掌握文字的本義、引申義和應用的詞語，也能了解其演化的樣貌。

　　本書最特別的，是【故事新編】與【畫說漢字】兩個單元。【故事新編】由筆者負責創作，【畫說漢字】則由陳世憲老師完成。書中所選出的文字富有圖像意義，大多能與古老的神話、傳說連結起來，這些故事有些來自中國民間，有的來自西方神話，有的則是流傳於台灣的原住民部落，或台灣的民間故事。在這些豐富的素材下，透過小說化的改寫，呈現出精采的故事。另外一部分的故事，則是利用文字本身的構形，來做原創性的書寫，也就是幫文字創造出新的故事。如此所呈現出的結果，就是讓每個文字本身，都擁有一個精采的故事。故事創造完成後，再由陳世憲老師以書法發揮創意，讓故事與書法的圖像藝術相呼應，在創意上有了更豐富的延伸，同時，讀者也能光憑著欣賞書法圖像，再次創造新的故事，讓創意再產生創意。有時，筆者也會根據書法呈現的結果，再回頭對故事進行修飾。因此這本書，等於是跨領域的結合了兩種不同媒介形式的創作。

　　陳世憲老師是台灣知名的意象書法家，其作品多次在國內、外展出，獲得相當高的評價與迴響。這次獲得他的慨允，一同合作完成這部作品，希望我們這樣跨藝術的結合，能讓這套《漢字學堂》系列成為學習漢字的好書，同時也是值得鑑賞的藝術品，它既是文字故事的豐盛之旅，也是書法藝術美妙的展現。

# 字在表情生動中

陳世憲

　　因為詩佳老師的邀約，想要寫一本有故事和書法的書，坊間的文字書法書大概都是以文字歷史、各種文字的演進來說明文字的發展過程，而我試著做一點不一樣的書法書寫。

　　詩佳老師的妙筆，結成了一篇一篇的文章，這個文章環繞著某一個漢字，也標示了幾個文字發展過程的古、今文字，然後我必須依著故事的情景而發展出一件比較像書法創作的作品。至於字體的取材，有些參酌古代字體的字例，但是我最想做的其實是以每一篇文章的內容，發展出以色彩、空間和線條粗細快慢所形成的一件書法插畫，同樣是一棵樹，由樹的基本字形，這個基本字形可能是篆、隸、草、行、楷當作基本字形，再去衍生成大棵的樹、小棵的樹、老而枯的樹幹或是新長出的嫩皮，然後在不同的位置，又安排了彩色的蝴蝶在天空中飛翔，樹下又有一個躺著的莊周，字型扁平恍如睡覺做大夢，同樣的莊周也可以坐著或是站著，可是因為故事的需要，我只能選擇躺著，而蝴蝶也可以在低空或是花朵上採花蜜，但是同樣的故事內容，希望蝴蝶變快樂、飛得高、顏色有點眩惑，所以就不能寫低，於是這個創作的方式符合了意象書法的基本精神，故事完成了，書法書寫的空間、顏色、線條粗細就會跟著布白完成，真是有趣！二十幾年來，整個生命都在書法創作中逍遙，如今有一百個故事，閱讀著故事，在陽光斜射的午後，鎖在工作室裡，任線條駛乘，讓空中如有法術、讓顏色繽紛如繁星閃爍或是黑暗中鬼魅的嗤笑。寫完了桌上滿是顏料，天色也暗了，看著一幅一幅完成的文字畫，累倒癱躺在按摩椅上，看著滿地完成或失敗的每一張宣紙，突然大笑或惋惜都是常有的事。

　　今日我們使用的漢字，在漢隸以前的古文字的階段，形象的指涉性比較明顯，其他字體如隸、楷、行、草發展到非常完整，已經類似形式的概念。對於完全不懂漢字的外國人來說，觀看的感受很容易變成形式的堆疊，就好像不懂英文的人看到A、B也是沒有差別一樣，而如果我們可以在每一個漢字的形體上產生一種情境，外國人雖然看不懂這一個字原本的文字意涵，但是能夠藉由

觀察、想像、比喻等等的閱讀經驗，可以某種程度理解這個漢字所要表達的情境，於是100個樹的字也會形成100件作品。

感謝五南出版社，願意支持這本書《漢字學堂》的出版計畫，讓我躲在白河豬寮工作室13年多，每天赤腳散步，孤單漫長，思考出來的創作新方法，可以在此發表，也請各位書法先進不吝批評指教。

# Contents
目錄

## 【天地篇】

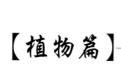

## 【植物篇】

## 【動物】

## 【人類篇】

## 【奇幻篇】

【天地篇】

水 ㄕㄨㄟˇ

小水滴的旅行

　　小水滴出生在大海，某一天，想要認識這個世界，就決定離開大海去旅行。炎熱的夏天來臨了，小水滴搭乘陽光的順風車，變成水蒸氣隨風飄到天空，一頭就鑽進了雲裡。不久，其他的水滴陸續從大海升上來了，水氣越積越多，小鳥掠過水滴身旁時大叫：「準備自由落體！」於是，成千上萬的小水滴俯衝而下，將城市洗得乾乾淨淨。小水滴降落在花圃上，滑落到泥土裡，乾癟的葉子和花朵都盛開了，綠色、紅色、黃色，在微風底下，它們開心的伸出葉子對陽光招招手。順著道路往前流，流過了小溪，經過了森林，聞到嗆鼻的濃煙味，原來森林失火了！小水滴為了滅火，就和水滴同伴匯聚成一道龐大的水流，淹沒了起火的灌木叢，火勢瞬間熄滅，這就是小水滴的使命。小水滴漂流了好久、好久，進入了一座頭上戴著白帽子的冰山，周圍的空氣越來越冷，小水滴的身體漸漸僵硬，最後在地上結成霜，不能動彈，讓它好苦惱。第二天，太陽探出頭來，發出溫暖的光，小水滴又被蒸發到了天上，繼續第二次的旅行。

漢字小學堂

甲骨文 金文 小篆 楷書 水

　　「水」的甲骨文像河道和濺起的水花。有一說是從雲端降下的液體。金文、小篆將水花寫成水流動的線條。楷書將中間的河道寫成一豎一勾，水花寫成撇和捺，水流的形象就消失了。

造字本義

　　水，本義是水。是無色無臭的液體，由氫氣與氧氣化合而成。古代是金、木、水、火、土五行之一，多表示水的流動、性質狀態。也是海、河、江、湖的總稱。

小水滴的旅行 三三五年 陸世豪

日照雲積，雨下花林，森林濕潤，歸土於海。

云
ㄩㄣˊ

孫悟空學觔斗雲

　　須菩提祖師問孫悟空說：「悟空，功夫練得怎樣了？」孫悟空回答：「徒兒已經可以騰雲駕霧了。」祖師就要他試飛看看。孫悟空想賣弄本領，就翻了幾個跟斗，跳離地面約五六丈高，踏上白雲飛去了，大約一頓飯的時間才回來。他落在祖師的面前，得意的說：「這就是騰雲駕霧！」祖師呵呵笑：「這算什麼？只能算是『爬雲』而已！」悟空抓了抓猴腮，問道：「那怎樣才算是『騰雲』呢？」祖師說：「騰雲的人可以早上從北海出發，遊過東海、西海、南海，只花一天的時間就遊遍了，這才算騰雲。」孫悟空搖頭說：「太難了！」祖師摸摸鬍鬚，神祕的微笑：「世上無難事，只怕有心人。」悟空聽見，馬上磕頭求道：「師父，求您教我騰雲的方法吧！」祖師道：「凡是神仙騰雲，都是先蹺一蹺腳，你卻翻了跟斗才跳上。這樣好了，我就教你『觔斗雲』吧！」悟空大喜。祖師又道：「只要對著雲念幾句口訣，握緊拳頭跳起來，一觔斗就有十萬八千里路。」當晚，孫悟空就學會使用觔斗雲，從此在天地間自由逍遙。

| 漢字小學堂

甲骨文 ㄅ　金文 ㄛ　小篆 云　楷書 云

　　「云」的甲骨文上端的「二」像天，下面是繚繞的勾雲朵形。金文、小篆延續甲骨文字形。後來加上「雨」（雨），另造「雲」（雲）代替，表示會帶來降雨的雲團。

| 造字本義

　　云，是「雲」的古字，本義是漂浮在天空的氣團。地上或空氣中的水蒸氣遇冷，就會凝結成小水滴，成為懸浮在空中的團狀氣體。又有「多」的意思，如「冠蓋雲集」。

是值猴年雲更會飛四方任我行。

雨　ㄩˇ

　　神農氏低頭削好了一段木頭，他正在製作耒和耜，打算教一群老百姓種植穀物。前幾年，氣候還算溼潤，大夥兒種下的稻禾都有收成，令人欣慰。神農氏笑了，他就是這樣被大家推舉為首領的。但不幸的是，今年一連好幾個月，天上一滴雨水也沒降落，人和牲畜都要渴死，更不用說汲水澆地了。「器具做得再好，有什麼用呢？」神農氏煩惱得頭髮都白了。這天，不知從哪裡跑來一個頭髮凌亂、光著腳丫的野人，自稱「赤松子」，說要拜見神農氏。赤松子說：「我能夠化身為赤龍，施展下雨的本領！」神農氏打量他一番，只見他上身披了一件草衣，腰間繫一塊皮裙，手裡還拿一根柳枝，怎樣看都不像有本領的人，但是眼前災情嚴重，只好試一試，就說：「懇請先生施雨！」赤松子拿出一包粉末，說：「這叫『冰玉散』。」仰頭就將粉末吞下，立刻化身為赤龍飛上天空，瞬間烏雲密布，赤龍在雲間騰挪遊動，大雨跟著澆下來，枯死的稻田又恢復生機了。神農氏很高興，於是封赤松子為「雨師」，專門管下雨的事。

| 漢字小學堂 |

　　「雨」的甲骨文上面的一橫表示天空或雲層，下垂的線條是雨水，生動的呈現下雨的景象。金文在水滴外面加上了「冂」，像雨水從天空降下。小篆在上面多加一橫，強調了天與雲。

| 造字本義 |

　　雨，本義是雨水。是空氣中的水蒸氣遇冷凝結而降落的小水滴。密雨的現象還可以引申說明事物的密集，如「汗如雨下」、「槍林彈雨」、「雨矢」等等。

神農與神龍催雨潤萬物。

天
ㄊㄧㄢ

盤古開天

　　上古時候，宇宙混沌不明，沒有天地，也沒有萬物，太空中漂浮著一個像雞蛋的星體，有個巨人名叫「盤古」，蜷曲在裡頭像嬰兒一樣，睡了一萬八千年。某一天，星體震動起來，慢慢分成了天和地。盤古甦醒了，心想：「怎麼一片黑暗？」他將大頭往上一頂，天空就緩緩地上升；再將粗壯的腿略一伸展，大地就緩緩地下降。盤古想四處走動，但天空又慢慢下降了。盤古慌了，心想：「天還沒牢固，先撐著吧！」就將天放在他的頭上。隨著光陰流逝，天空每天增高一丈，大地就加厚一丈，盤古也跟著長高一丈，最後他的身高有九萬里長了。盤古始終不敢離開，他擔心天、地又合攏起來。終於有一天，盤古老了，他疲倦得躺在地上，忽然間，他呼出的氣息變成風和雲，聲音是雷，左眼是太陽，右眼是月亮，手腳和軀幹變成豐饒的山脈，血管是河流，肌肉是泥土，頭髮和鬍鬚變成繁星，皮膚上的毛是草木，牙齒和骨骼是金屬和石頭，汗變成了雨。盤古也許死了，但他的精神卻透過創造萬物延續了下來。

│漢字小學堂│

甲骨文　金文　小篆　楷書

　　「天」的甲骨文是在人的頭上加一個「口」，像人站在地上，頭頂有天空。金文延續甲骨文字形。小篆延續金文字形，頭頂的圓圈被寫成了一橫。楷書改成雙手平舉。

│造字本義│

　　天，本義是人頭頂上方無邊無際的天空。日月星辰所在的空間，就是天空。有時比喻宇宙萬物的主宰，有時指大自然或命運，如「謀事在人，成事在天。」、「不怨天，不尤人」等。

盤古開天 二〇二五年陳世寰

大筆抓來，沾很多墨與水，大膽開天。

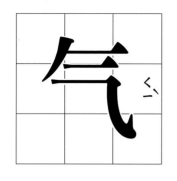

气

　　燕子在空中快樂的飛翔，忽高忽低的繞著一片白雲轉。白雲一下飄散開來，一下又聚攏起來，悠然的對燕子說：「燕子啊！你的飛行技術真了不起，飛得好快！」燕子很高興的翹起尾巴、拍拍翅膀，驕傲的說：「這不算什麼！如果不是空氣的阻力影響我，我還可以飛得更快呢！」白雲聽了有點不悅，就打下一根銀色的閃電，忽然變成烏雲。烏雲慢慢變形了，露出頭和手、腳，最後變成一個巨大的黑色天神，兩手叉腰站在空中，原來這片雲是空氣之神的化身。雲巨人的頭上冒著閃電，看來好嚇人，他神氣的對燕子說：「哼，既然你覺得空氣害你飛不快，那我就讓你如願吧！」只見雲巨人挺起胸膛、縮起小腹，深深、深深的吸了幾口氣，吸——吸吸，吸得胸膛鼓鼓的，全世界的空氣瞬間被他吸光光，變成一片真空的狀態。失去空氣的燕子，怎麼拍擊翅膀都飛不起來，同時呼吸困難，重重摔到地上。雲巨人看到燕子奄奄一息的模樣，就將空氣全部呼出來，燕子終於恢復活力，才知道空氣的重要。

甲骨文 三　金文 乞　小篆 气　楷書 气

　　「气」的甲骨文就像氣流在空中流動的線條。金文時為了與「三」區別，流動的方向改變了，有的往上流動，有的往下，寫成彎曲狀。到了小篆時，氣流的線條更有流動感了。

｜造字本義｜

　　气，本義是氣味、空氣、氣流。「氣」是物體的三態之一，和固體、液體不同，氣體沒有固定的形狀和體積。加上「米」就成了「氣」，古時是餽贈的意思，後來用來表示雲氣等意義。

氣若即若離，雲安然自是，燕子學習謙卑。

風（ㄈㄥ）

新編故事 風伯

　　飛廉聽了師父的教誨，就在祁山打坐修煉，才一下子，雜念就紛紛湧上了心頭。打坐的要訣首在「靜、定」二字，說起來容易，實行卻頗為困難。飛廉原來是蚩尤的師弟，他的身體布滿了豹子的花紋，頭像孔雀，還生了一對古怪的角，身後有一條蛇的尾巴，因為長相奇怪而受到師父的重視。今天飛廉正打算放棄練功，一抬頭，發現對面山上有塊大石，每當大風吹過便輕輕的飄起來，又安穩的降落，不由得引起他的好奇心，決定半夜上山看看。到了半夜，飛廉躲在大石旁偷看，只見大石動了起來，越動越劇烈，轉眼間，變成一個外型像布袋的生物。那生物往地上吸了兩大口氣，再朝天噴出，忽然狂風大作，砂石瀰漫，它便如同飛鳥在風中旋轉。飛廉撲上去將它抓住，仔細一看，才知道它是掌管八風的「風母」，於是利用風母學會了起風與收風的方法，從此號稱「風伯」。之後蚩尤和黃帝大戰，蚩尤請出風伯、雨師製造風雨，果然使黃帝的軍隊迷失方向。後來黃帝獲得了勝利，就讓風伯擔任掌管風的神靈。

漢字小學堂

甲骨文　金文　小篆　楷書 風

　　「風」的甲骨文像大鳥，造型和「鳳」的甲骨文一樣。不只鳥類，風也帶來了蟲類，當東風吹起，冬眠的蟲類都復甦了，所以金文大篆和小篆代表風從邊境（凡）帶著蟲過來。

### 造字本義

　　風，本義是空中的氣流。作為流動的空氣時，如「春風」、「秋風」。作為動詞，指的是借風力的吹拂使東西變得乾燥或乾淨，如「風乾」。引申為習氣、風俗，如「校風」。

飛
康
靜定

石

風伯 二〇一五年 陸世貴

毛筆不開叉，墨水要淡墨才能成風

電
ㄉㄧㄢˋ

電的發現

　　好久以前，人們對雷電總是心存畏懼。後來人們注意到船尾頂上的金屬尖端，以及出現在教堂塔尖上的火花，其實是「電暈」的現象，叫做「聖埃莫之火」（Saint Elmos's Fire），水手們都將這些火花當作航海時的守護神。時光到了1752年，美國人班傑明·富蘭克林（Benjamin Franklin）和兒子威廉對電很感興趣，於是就在四面開放的木棚裡進行實驗。首先，富蘭克林用絲綢做了一個風箏，在風箏頂端綁一根金屬絲，再用一條很長的、打溼的繩子繫著風箏。接著，在繩子的另一端綁了絕緣的綢帶，握在富蘭克林的手中。綢帶與風箏交接的地方，掛了一串鑰匙當作斷路器避免觸電，然後開始等待。過了一會，天空降下雨點了，不久雨勢越來越大，忽然一聲霹靂響起，白色的閃電劈了下來，富蘭克林看到繩子的纖維豎起，忍不住伸手摸了一下，指尖與鑰匙突然冒出火花，左半身麻了一下。富蘭克林興奮的說：「這就是電了！」關於這次實驗，很多人覺得太過冒犯天威，卻促成了避雷針的發明。

漢字小學堂

甲骨文 　　金文 　　小篆 　　楷書 電

　　「電」的本字是「申」（　　），像跪拜的人。金文在「申」上面加「雨」，表示向神祝禱後下雨。小篆像兩手拿香祈禱，含有祈雨的意味。楷書將小篆的「申」寫成「电」。

造字本義

　　電，本義是人向神靈祈求降雨。有正電（陽電）、負電（陰電）兩種，這兩種電相觸或失去均衡時，會發生放電作用，可以產生光和熱。現在常指重要的能源，如「電能」。

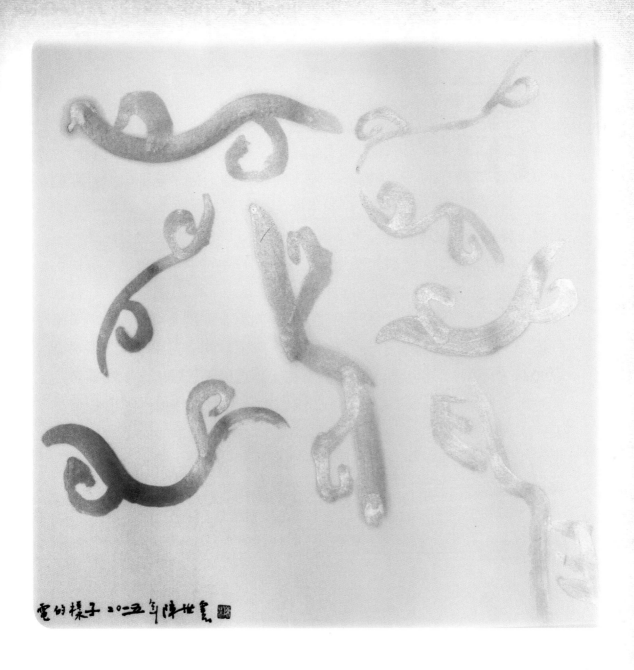

電的樣子 二〇二五 陳世憲

電的飛翔各有姿態，或許金的顏色，讓電更值得珍惜。

　　王素貞在廚房裡，忙不起來。照理說，舉凡炊米、切菜、殺雞、宰羊，樣樣都要忙，然而正逢大旱，稻子枯死了，牲畜也餓死了，食物短缺，哪來的米、菜、雞、羊？素貞打開鍋蓋，只剩半碗飯，存下來的肉也已經吃完，昨天她三餐都喝絲瓜種子湯，吃菜根、菜渣，卻將白飯給婆婆吃。「但這還是不夠啊！」素貞悲哀的嘆氣，只好拿刀往手臂上割，忍著劇痛用自己的肉做了一碗羹湯。瞎眼的婆婆坐在飯桌邊，拿起碗在手上一秤，說：「飯怎麼少了？」又拿筷子在湯裡挾肉吃，但是人手臂上的肉質堅韌難咬，婆婆不高興的說：「真是不孝，拿這樣的肉給我吃！」素貞委屈的將肉倒掉，正好被天上的雷公看見，以為她是壞媳婦，就用雷神之槌將她劈死了。素貞的魂飄到了閻王殿，閻王查清楚後，將真相告訴天帝。天帝便召雷公來，封素貞為「電母」，又命雷公娶電母為妻，說：「以後打雷前，都要請電母先用寶鏡照個仔細！」從此，雷公在打雷以前，必定先閃耀一道光線，好讓他看清楚，別再劈錯人了。

## 漢字小學堂

| 甲骨文 | 金文 | 小篆 | 楷書 |
|---|---|---|---|
|  |  |  | 雷 |

　　「雷」的甲骨文在中間的閃電兩邊畫了「田」，象徵打雷時的巨響。金文加「雨」，雨後才有雷聲，四個車輪形的「田」強調聲音巨大。小篆省略閃電和一個「田」。楷書只留一個「田」當代表。

### 造字本義

　　雷，是大氣放電時，激盪空氣所發出的巨響。本義是由於下雨時帶異性電的兩塊雲相接，造成空中閃電發出強大的聲音，如雷電、雷鳴、雷雨等詞，都在形容這樣的天象。

雷公與電母 二〇一五年 陸燮〔印〕〔印〕

古雷字有四個圓轉，電在其中雨乃後加。

火
ㄏㄨㄛˇ

燧人氏鑽木取火

　　當伏羲氏從被雷電劈出火花的樹木中，取得火種後，人們就由吃生食改爲吃熟食了。但是保存火種卻是一件困難的事，一不小心，火種就滅了，人們只好推派一個年輕人去找新的火種。相傳在遙遠的西方有一個「燧明國」，那兒終年漆黑，太陽、月亮的光都無法照臨這個國家，所以沒有四季和日夜。燧明國中有一棵樹，叫做「燧木」，它的樹根盤根錯節，占地約有萬頃之多，常會發出一閃一閃的火光，當地人就靠著這些火光照明。年輕人走遍千山萬水，終於來到不見天日的燧明國，發現這片會發出奇異火光的燧木林。好奇的他走近觀察，見到林子裡有一種體型龐大的鳥，嘴巴堅硬銳利，每當大鳥用利嘴啄樹幹時，就會產生星星點點的火花。年輕人領悟到了，於是拿一根小木枝去鑽樹幹，摩擦多次以後，終於冒出一陣煙，起火了！他將這個方法帶回族裡，從此，人們隨時都可以製造火源，能吃熟食了。爲了感謝這個發明鑽木取火的小伙子，人們都尊稱他爲「燧人氏」。

漢字小學堂

甲骨文　〔圖〕　金文　火　小篆　火　楷書　火

　　「火」的甲骨文像一團火焰。金文將火焰簡化成「人」形，使「火」的字形與「山」（〔圖〕）有所分別。小篆時還有火苗的形象。後來在上下結構的漢字中當作偏旁，被寫成「灬」，如「烈」。

造字本義

　　火，本義是物體燃燒產生的光焰。動詞是火燒。古人視爲構成萬物的基本元素，五行（水火木金土）之一。燃燒時會產生光和熱，可燃物、燃點和氧氣是形成火的三個要件。

木生火，散葉的點成葉。橫鳥成飛行狀。

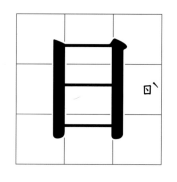

日、

新編故事 夸父逐日

　　北方巨人的領袖夸父望著太陽，這顆大火球烤死了莊稼，更曬乾了河流。又一個熱死的族人被抬去安葬了。夸父很難過，召集族人說：「我要追上太陽，讓它聽我的指揮！」族人紛紛勸阻，有人說：「太陽離我們太遠了，您會累死的。」有人說：「太陽實在太熱了，您會被烤死的。」夸父的思緒飄到多年以前，那時大地貧瘠，猛獸橫行，人們苦不堪言，他每天率領族人和猛獸搏鬥，就在生活逐漸改善時，太陽卻變得異常猛烈。想到這裡，夸父的心意已決。第二天，太陽剛從海上升起，他就邁開大步追去。太陽在空中緩慢移動，他在地上拼命的追，穿過大山，跨越河流，經過九天九夜的奔跑，在太陽下山的地方，終於追上它。巨大的火球就懸在面前，夸父想把太陽捉住，可是他實在又渴又累。他到黃河邊，一口氣把河水喝乾，又將渭河的水也喝光，仍不解渴。他又跑去大澤，卻在半路上渴死了。臨死時，夸父將手中的木杖扔到地上，生出一大片桃林，為往來的旅人遮蔭、解渴，這是他對世人的遺愛。

漢字小學堂

　　「日」的甲骨文和金文都是在象徵太陽的圓圈內加一橫，表示發出的光線。小篆將金文中的圓點符號寫成短橫，和外圍的方框連接起來。楷書延續小篆字形。

造字本義

　　日，本義是太陽。天體恆星之一，半徑約七十萬公里，距離地球約一億五千萬公里。有巨大的熱能輻射，表面溫度攝氏六千度，中心溫度攝氏一千萬度以上。地球繞著它公轉，得到光和熱。

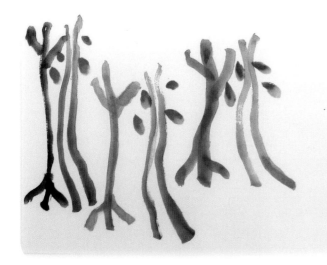

桃樹有桃枝，三桃樹成桃林，很多圓圈成日，紅有深淺。

早 ㄗㄠˇ

　　早晨為這個城市帶來了希望，前一天晚上，街上落了一地的葉子和頹敗的垃圾，現在都一掃而空了。燦爛的陽光在臥室的窗外舞動著，透過窗簾斜照進來，照進睡眠的人的眼睛，也照進了他們的夢鄉，趕走黑夜的陰影。皮毛雪白柔軟的貓，也察覺到早晨的來臨，準時在六點鐘蹲在地上，好奇的對著從門縫中鑽進來的陽光「喵嗚」，想溜出去曬太陽取暖。太陽平直的光線沿著淡水河面投射過來，河面上泛起了一道薄霧，又慢慢的散去了，這點光線雖然不能將沉寂的淡水河給曬活起來，也不能將河水的深度映照出來，但是在水面底下休息一夜的魚兒，倒是甦醒過來了，牠們的魚鱗在太陽下閃閃發光，在整個城市的居民中，它們是最早起來活動的。現在，太陽那白刃般的光芒向四面八方投射，彷彿女神頭上皇冠的光彩，籠罩著世間萬物。造化的光輝無所不在，天地萬物都承認它偉大的力量。

漢字小學堂

甲骨文　金文　小篆　楷書

　　「早」的甲骨文是「日」和「草」（屮）的合體，象徵太陽從草地上升起。金文大篆延續甲骨文字形。小篆將「屮」寫成「甲」，使字形複雜化。楷書將「屮」簡化成「十」字。

造字本義

　　早，本義是清晨的太陽從草地上升起。天剛亮時，小草凝結露水，正是一天的開始。「早晨」形容清晨、天明之際。「早晚」指的是早晨和晚間，又有「遲早」的意思。

藍河中有大小魚，世間多人夢不完。

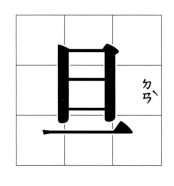

曙光女神

太陽從東方的地平線徐徐升起了，日頭剛從地平線出現的一剎那，有一朵白色的花歡樂的叫著：「日出了！日出了！」小草伸出一支「手」（其實那只是一根翠綠色的草枝兒）碰了碰花朵，說：「沒錯，『日出』這個詞用在這時候就對了！等太陽整個離開地平線後，就不叫『日出』了喔！」這時，陽光因為受到地球大氣層灰塵的影響，產生了美麗的散射，所以天空瀰漫著霞氣，就像節慶時散放的煙火。然而日出的霞氣比日落還要淡雅，小草搖曳著身體說：「這是因為日出時大氣層裡的灰塵比日落時少。」這時，成千上百種鳥兒在樹上輾轉啁啾，在一片綠色中點綴著彩色斑斕的羽毛，牠們用無憂無慮的歌聲迎接明豔的曙光女神。她剛剛洗好了頭，秀髮裡滴落了無數晶瑩的水珠，點點滴滴落在花朵和小草的身上，它們沐浴著芬芳的露水，身上那層白濛濛的水氣就像新娘的嫁紗。森林裡的溪水在歡唱，小松鼠在打拍子，樹枝也手舞足蹈起來，歡迎曙光女神的來臨。

漢字小學堂

「旦」的甲骨文用「日」代表天，使日出而天地分的含義更加深刻。金文將象徵大地的方形寫成黑點「●」。小篆將黑點改成一橫（一），象徵日頭在地平線或海平面上，體現古人對日出的觀察。

造字本義

旦，本義是太陽剛升起離開地平面。天剛亮時，太陽從地平線和海平面探出頭來，緩緩上升，開啟了新的一天。「旦夕」指早晚，又有時間短促的意思。

24

日出曙光散射，雲下雨滋潤草與花，各色鳥在樹上。

月

ㄩㄝˋ

新編故事 月亮的誕生

　　在太古時候，天上有兩個太陽，每天輪班照耀大地，炎熱的天氣讓人們的生活十分不便。這天，有一對夫婦正勤奮的耕地，他們將睡著的孩子安放在樹蔭下的石堆旁，用棕葉為他遮日。不料過一會兒來看，孩子已經被烈日給曬死了，死後變成蜥蜴，一溜煙就躲進石堆裡。父親悲憤的說：「我發誓將太陽射下，為孩子報仇！」就出發前往太陽出來的地方，準備當它升空就將它射下。箭術精湛的父親果然射中太陽的一隻眼睛，太陽的光芒立刻消失變成月亮。月亮的眼睛受傷了，只能閉著眼睛亂抓人，但是手掌太大了，讓父親從指縫間跑走。另一個太陽見狀，嚇死了，不敢升空，於是大地陷入了一片黑暗，所有人都無法出外工作，找不到食物，生活非常困苦。如果不得已要出門，就要先丟出石頭，從石頭掉落的聲音判斷前方是路還是懸崖。有一隻山羌被人們丟出去的石頭擊中了腦袋，痛得發出吼叫聲，沒想到躲起來的太陽被吼叫聲嚇到空中，又重新照耀大地，但是山羌的額頭從此就留下一個美麗的疤痕。

漢字小學堂

甲骨文 𝔻　金文 𝔻　小篆 ꝑ　楷書 月

　　「月」的甲骨文和金文都是半月形，加「｜」表示月球發光的特性。一說是遮在月亮前的雲影。古人以為月是發光體，實際上是透過太陽的折射而發光。小篆多了一橫與「夕」（ꝑ）區別。

造字本義

　　月，本義是月亮。月球是圍繞地球轉動的天體衛星，表面凹凸不平，分為布滿坑洞的高地及平坦陰暗的月海（玄武岩平原）。本身不發光，只能反射陽光。古稱「太陰」，現通稱月亮。

土地廣闊，可堪耕種，羌的重要性一如目前的寶玉，日月均衡。

朝 ㄓㄠ

　　小鬧鐘是家裡最早起的，它想：「一日之計在於晨，我要看看朋友們需不需要我。」今朝太陽初升時，小鬧鐘就搖搖擺擺的來到小虎斑貓的家，看見地毯上放了一張紙條，上面寫：「晚上我抓了六隻老鼠和一隻壁虎，完成了任務。」小鬧鐘心想：「辛苦的虎斑貓，抓完小偷一定很累了，應該好好睡一覺。」於是小鬧鐘悄悄的離開了虎斑貓的家。接著，小鬧鐘來到了小狗的家，看見門上貼著一張作息表，上面寫著：「六點整要撿報紙。」小鬧鐘向門外看，小狗已經跑到庭院裡幫主人撿報紙了，好勤奮！小鬧鐘只好走到小鳥的家，鳥巢旁邊放著一張紙，上面寫著：「我一定要改掉睡過頭的壞習慣。」可是小鳥到現在還在呼呼大睡，小鬧鐘就叫起來了：「叮鈴鈴，起床了！早起的鳥兒有蟲吃！」小鳥掙扎了一會才爬起來說：「謝謝你，小鬧鐘。」小鬧鐘說：「叮鈴，不客氣！我們是好朋友啊！」小鬧鐘最後決定留在最需要它的小鳥家，從此以後，小鳥再也不會睡過頭了。

甲骨文 ☉  金文 𣂴  小篆 𣍹  楷書 朝

　　「朝」的甲骨文像太陽初升，月亮還沒落盡。金文將甲骨文的「月」寫成「川」。小篆將金文的「早」寫成「𣎆」，同時將「川」寫成「舟」（𣍠）。楷書恢復甲骨文字形。

### 造字本義

　　朝，本義是太陽從草地上升起，但月亮還沒完全隱沒的清晨。朝是早晨、日或天，「三朝」就是三日、三天。「今朝」是今天早上，「明朝」是明天早晨。「一朝一夕」形容時間短暫。

早起鬧鐘響了，大家開始了有精神的一天。

星 <br/>
ㄒㄧㄥ

**北斗七星**

　　女孩走遍全村去找水，可是一滴水也找不到，她只好祈求上天：「請解救這場旱災吧！」天黑了，女孩禱告結束，看到整座村子猶如撒了銀粉似的發亮。她拿著勺子接露水，可是收集到的水只夠勺子的五分之一。她便在全村收集露水，收集完了，勺裡的水仍然少得可憐，她就走進森林收集樹上的露水，弄得筋疲力盡，最後不小心跌倒，費盡心血收集來的水也全灑光了。一陣風吁吁掠過森林，樹上的露水飛向天空，又掉入了勺子裡，女孩很高興，小心的捧回家。母親喝了水，想遞給女兒，但女孩不急著喝，反而勸母親喝，這時候木勺子突然變成金勺子，母女倆都覺得驚奇。這時一陣敲門聲響起，有個老爺爺在門外哀求道：「給我水喝吧！」女孩大方的盛了滿滿的水給他。就在老爺爺喝水時，金勺子越來越亮，最後上面竟出現了七顆鑽石。老爺爺說：「爲了報答妳，我將要爲妳降雨。」說完，便消失了，隨後七顆鑽石自己跳出勺子，飛向北方的天空，組成勺子狀的七顆星。接著天空滴滴答答的下起雨來，就這樣下了三天三夜。

| 漢字小學堂

　　「星」的甲骨文是由五個小方塊表示數顆發光的星體，「生」（<small>屮</small>）象徵組成完整星座的現象。金文將小方塊減少，改爲「晶」，代表發光的星體。小篆將「晶」簡化爲一個「日」。

| 造字本義 |

　　星，本義是出現在夜空中的眾多星體組成了星座。是宇宙中會發光或反射光的天體，如「恆星」、「行星」。比喻細碎或發亮的東西，如「眼冒金星」。或形容微小的事物，如「零星」。

分享是最美麗的星光，勺子中的水源源不絕灌溉沃土。

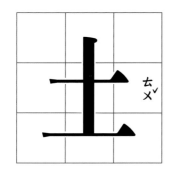

土 ㄊㄨˇ

新編故事 鯀取息壤治水

　　帝堯憂心如焚，多年來大洪水肆虐，淹沒了良田、房舍，也淹沒了希望，他四處尋找治水的人才，卻總是找不著。這天幾個大臣匆忙進帳，對堯說：「大王，聽說黃帝的孫子『鯀』擅長治水，不如請他來試。」堯同意，就請鯀來見。鯀說：「水來土淹，應該用防堵之法治水。」堯大喜，就將重擔交給他。鯀築起堤防以阻擋洪水，剛開始很有效，但是過沒多久，堤壩就被水衝垮了，造成更大的死傷，堯為了善後忙得焦頭爛額，只能敦促鯀繼續想辦法。鯀正在思考時，有一隻貓頭鷹和一隻烏龜過來對他說：「為什麼不從天庭偷些息壤出來呢？」息壤是一種常生不息的土壤，只要弄一點出來丟向大地，馬上就會生出很多新土，洪水自然就堵住了。鯀連忙飛上天庭偷息壤，回來就用來修補堤壩，果然有效。但就在洪水將要平息時，天帝知道這件事了，勃然大怒，派火神祝融下凡處死了鯀，奪回息壤，少了阻隔的堤壩，洪水又再度成災。傳說鯀死後葬在羽山，他肚裡孕育著兒子「禹」，禹將完成父親治水的心願。

漢字小學堂

　　「土」的甲骨文像地面上高起來的小土堆，三點符號象徵漫飛在空中的土粒，下面一橫是地面。金文寫成實心的「●」。小篆則將土堆寫成「十」字。楷書延續小篆字形。

造字本義

　　土，本義是土壤。由好幾層不同厚度的土層構成，主要成分是礦物質。土壤是經由風化作用和生物的活動產生的礦物，和有機物混合組成，有固體、氣體和液體。

水來土掩，土地安靜，力量奇偉，此理至今不變。

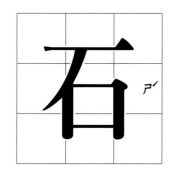

石 ㄕˊ

**女媧煉石補天**

女媧造人以後，過了好多年平靜的日子。「造了這麼多人出來，就是希望他們過得幸福美滿。」女媧微笑著俯瞰大地。就在這時，天上打了個老大的霹靂，支撐天空的柱子竟然硬生生折斷了，半邊的天垮了下來，還露出一個恐怖的大黑洞。地面上冒出許多裂縫，人們和房屋紛紛掉到了深溝裡，哀號聲不斷。森林和草原起火燃燒了，洪水也從海裡湧出來，泛濫成災。猛獸嚇得從森林中奔跑出來，看到人類就追捕吞食，災情慘重。女媧看見這樣的劇變，內心難受不已，於是決心拯救人類。她先到大江大河撿了五種顏色的石頭，升了火，將石頭丟到鍋裡燒成糊狀，煮成石漿後，再用這些石漿填補天空的黑洞。接著殺死了一隻神龜，斬下它的四隻腳當作柱子，分別放在東、南、西、北四個方向，以支撐天的四方。然後又捉拿作亂的黑龍，趕走惡禽猛獸，並收集森林燃燒後留下的灰燼，將它們堆積成堤壩，好不容易才止住洪水。女媧喘了口氣，溫柔的說：「總算把災禍平息了，我的孩子們！」

---

漢字小學堂

甲骨文 𠙶　金文 𠙵　小篆 石　楷書 石

「石」的甲骨文像峭壁下方有岩石，「口」是石塊，可能有孔洞或凹坑。金文、小篆延續甲骨文字形。有「石」偏旁的字，如石碑、石雕等，都是指與石頭有關的事物。

| 造字本義 |

石，本義是岩石。由礦物集結而成的堅硬塊狀物，也有少數是生物留下的化石。有固態、氣態（如天然氣）、液態（如石油）等，主要為固態，是構成地殼的主要物質。

天的上兩劃有破洞，女媧以五色石來補，灰燼堆堤壩五字像是泥土疊成的河堤。

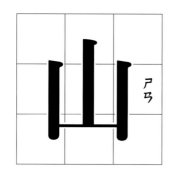

ㄕㄢ

新編故事 **阿里捨身救山**

很久以前，阿里山光秃秃的沒有花草樹木，青年阿里住在山裡，靠打獵為生。有一天，阿里上山打獵，從老虎的爪下救出兩個姑娘和一隻孔雀。姑娘說：「我們是仙女，帶著孔雀偷偷來這兒看風景，謝謝你的搭救。」這時天上來了天神老壽星，他拿著拐杖喝道：「天帝派我捉拿妳們，還不隨我走！」阿里為了救仙女，只好出手將老壽星的拐杖搶了過來，還把他趕走。天帝震怒了，命令雷神用火燒死秃山的生靈。仙女們都勸阿里躲開，但阿里卻登上山頂對雷神喊道：「一人做事一人當，你那雷火就朝我身上燒吧！」雷神立刻舉起雷神之鎚，朝阿里打了驚天動地的大雷，阿里被擊得粉身碎骨而死，從此，秃山便長了滿山遍野的花草樹木，美不勝收，人們都說：「這些是阿里的皮肉和頭髮變成的。」仙女們被阿里捨身救人的行為感動了，決定留在阿里身邊，變成了碧綠的姊妹潭，永遠和阿里作伴，孔雀也變成一條在阿里身旁流淌的小溪。為了紀念阿里，人們就把這座山命名為「阿里山」。

漢字小學堂

甲骨文 ⛰ 金文 ⛰ 小篆 山 楷書 山

「山」的甲骨文像三座山並排聳立的樣子。金文將山峰寫成實心，表現出厚重。小篆將實心寫成三豎線條，還能分辨出山形。楷書完全失去峰嶺的形象。

**造字本義**

山，本義是山峰。山離地面高度通常在一百米以上，有低山、中山與高山，因板塊碰撞或是火山作用而產生。有些山會形成單獨的頂峰，大部份的山會連在一起形成山脈。

雷公打在阿里山上，阿字有日出，里是雲海，暈開的綠彩圍繞在山邊。

谷 ㄍㄨˇ

**生命的回音**

　　小男孩和爸爸參加登山旅行，不小心「噗」一聲跌倒了，他的手上沾滿泥巴，褲子都溼透了。小男孩忍不住大吼一聲：「哇！」忽然，山谷的遠方傳來好幾聲「哇！」小男孩以為有人惡作劇，就大聲問：「你是誰呀？」山谷卻回答好幾聲：「你是誰呀？」山谷不友善的回應，讓小男孩更生氣，他大聲回罵：「討厭鬼！」但是山谷不怕，不甘示弱的回罵了好幾次：討厭鬼！」小男孩覺得受到屈辱，就問爸爸：「是誰在跟我惡作劇？」爸爸笑著說：「這是『回音』。這些聲音代表『生命』喔！」男孩覺得爸爸的話很奇怪：「難道『生命』就可以亂罵人？」爸爸說：「生命就是：你說的和做的每件事，都會回應到你身上。如果你要使世界充滿愛，就要常說『我愛你』；如果你要使世界充滿恨，就說『討厭鬼』。生命一定會回應你！」小男孩想一想，就挺起胸膛，大聲喊：「我愛你！」山谷立刻傳來好幾聲：「我愛你！」小男孩閉上眼睛，感受一聲聲美妙的「我愛你」，這些正是生命的回音。

甲骨文 𠔌　金文 谷　小篆 𧮫　楷書 谷

　　「谷」的甲骨文像水流從泉源流出，匯聚到谷口。金文、小篆延續甲骨文字形。小篆的上半部強調水源的形象。農作物的「穀」產於河谷，因此古人假借「谷」代替同音的「穀」。

**造字本義**

　　谷，本義是兩山之間的水道。是由兩側正地形夾峙的狹長負地形，常有坡面徑流、河流、湖泊發育，陡峻的谷地可能有泥石流，小的是「溪谷」，大的是「河谷」。

38

愛的回音 二○○五年 陳世憲 人

愛相隨，心中發出愛，回聲就是愛，心中是恨，回音就是恨。

金 ㄐㄧㄣ

| 新編故事 | 不淘金的雅姆爾

　　十九世紀的美國加州發現了金礦，消息一傳出去，數百萬人都湧向加州淘金，十七歲的小農女雅姆爾也不例外。但是當地的水源十分缺乏，一時間又湧入太多人潮，使得當地人和淘金人的生活艱難。淘金是需要運氣的，大部分的人都沒有淘到金，便失望的返回故鄉了，小雅姆爾也同樣一無所獲，不過，她並沒有回鄉的意思。細心的她，觀察到水源其實是來自遠處的山上，於是她在山腳下挖開引渠，積水成塘，然後將水裝進木桶裡，每天跑十幾趟賣水給那些淘金的人，做不用本錢的買賣。有些淘金人嘲笑雅姆爾說：「真是個傻女孩！不淘金子卻跑去賣水！」但是雅姆爾不為所動，她認為，沒有賣不出去的東西，只有不會賣的人，與其追逐光有夢想卻無法掌握的金子，不如腳踏實地的將能夠掌握的水源拿在手中，還比較實在。許多年過去了，不知道有多少個淘金人空手而歸，不但損失了時間、金錢，還欠了許多債，然而雅姆爾卻靠著賣水獲得了6700萬美元，對她來說，水就是黃金。

| 漢字小學堂 |

金文 金　小篆 金　楷書 金

　　「金」的金文上面是一支箭，下面是火，象徵冶煉金屬。小篆的上面寫成「今」，作為聲符，下面是土。楷書則與金文字形接近。金是金屬的總稱，後用來代表黃金。

| 造字本義 |

　　金，本義是銅一類的礦物。金屬元素之一，質地柔軟，延展性大，可以和銀、銅等合金製成貨幣、裝飾品、筆尖等。後來才特指色澤黃澄的貴重金屬為「黃金」。

不淘金的雅婷圖 二○一五年 陳世憲

大家都想淘金，踏實的女孩點水成金。

【植物篇】

生 ㄕㄥ

新編故事 新生

　　草地上開滿了五顏六色的野花，伴隨著包裹了芬芳的溫暖空氣，那是一個醉人的時刻，新生命的夢，在昏昏欲睡的氣氛裡萌芽了。碧綠的銀杏樹上長滿了新綠，與銀灰色的道路交相輝映，形成了一片獨特的風景。道路是平坦的，路邊的泥土長著去年殘留的黃褐色野草，看起來有些特立獨行，它在微風中輕輕搖動，伸了幾下懶腰，即將退休了。野草下面也有新綠，這是草木初生的徵兆，幾根小芽兒輕輕探頭出來，張望著新的世界。因為早晨的緣故，在這個城市的遠方、朦朧的輪廓邊緣，籠罩著一層透明的薄霧，使得整個城市就像一顆透明的蛹，裡頭有三三兩兩移動的車輛，好像出來遊行的蜜蜂，而早起外出的人們，則像成群的小螞蟻。清風吹過了城市，送來新生玫瑰的幽香和潮溼土壤的氣味，賦予這座城市一種優雅的氣息。現在，正是一年的黃金時期，萬物欣欣向榮，一派歡樂的景象。

## 漢字小學堂

甲骨文 ⍦　金文 ⍦　小篆 ⍦　楷書 生

　　「生」的甲骨文在草（屮）下加一橫「一」象徵地平面，表示新芽破土而出、生機勃勃。金文、小篆延續甲骨文字形。楷書將小篆「屮」簡化成一撇一橫，失去了植物初生的形象。

### 造字本義

　　生，本義是草木滋長。長出、生長的意思，引申為生育、出生，如「生生不息」，形容孳生繁衍而不停止。「生意盎然」形容充滿生氣，生命力旺盛。

二〇二六年 陸世堯畫
厚實生機

黎明日出，萬物新榮。

草 ㄘㄠˇ

含羞草

　　要剪出一個漂亮的髮型，真不容易！理髮師必須承擔風險，如果剪不出客人理想的髮型，就要名譽掃地了。此外還要有一把好剪刀，如果捨不得花錢用了廉價的剪刀，頭髮就只有毛躁的命運。這位驕傲的理髮師之所以驕傲，就是因為他的刀法迅捷利落，能針對客人的面貌打造合適的造型，因此他自認為功力無人可比，同村的理髮師都很眼紅，沒有人不想辦法修理他。有一天，驕傲的理髮師發現自己的頭髮長了，偏偏長在後腦，自己無法操刀，他找遍村裡的理髮師，都沒人願意為他剪。理髮師很生氣，心想：「就憑我的功力，沒什麼不能剪的頭！」就決定自己剪。剪完後，他得意的出門，不料幾個村民和頑童在背後笑說：「看哪！他的後腦一定是被狗啃的！」理髮師覺得丟臉極了，抱頭往前衝，不小心絆倒，掉到河裡淹死了。不久，河邊忽然冒出一種小草，葉子像頭髮整整齊齊的排列著，只要手指輕輕一碰，就會害羞的合起來、垂下。大家都說這是理髮師的化身，便取名為「含羞草」。

金文 🐾　　小篆 苢　　楷書 草

　　「中」是「屮」的本字，而「屮」又是「草」的本字。「草」的金文是在草叢加「旱」，象徵日照草地。小篆延續甲骨文和金文，「屮」少了兩個。楷書將「屮」寫成「艹」；將「旱」寫成「早」。

**造字本義**

　　草，本義是地上的草本植物。所有重要的糧食都是草，如小麥、稻米、玉米、大麥等，各類家畜都吃草。野草不只是動物的食物，還能製造大量的氧氣、防止水土流失。

含的頂端是旺盛的含羞草的葉子，整整齊齊排列。

**新編故事　運送稻穀的狗**

　　眾神聚在一起開會。玉皇大帝說：「人類的食物太單調了，愛卿們想想辦法吧！」神農氏捻鬚微笑：「稻禾營養，就教他們種稻。」伏羲氏問：「稻禾是天上的食物，該派誰送呢？」會議的結果是派動物運送。但是路途困難，要先經過汪洋大海不說，仙稻在稻桿上也容易脫落，最好是把稻粒沾在身上送去。可是雞說：「咕，我不會游泳。」長頸鹿說：「大海比我高，沒辦法走過去。」龍說：「風會吹走米粒耶！」魚說：「別看我！我可得沈入水裡才能游泳。」動物們一片靜默。這時候，天犬說話了：「汪！我有個好辦法！」牠將身上沾滿了米，用狗爬式游泳，翻過一個又一個的浪頭。「糟糕，米越掉越多了！」牠身上的稻粒已被水沖走一大半。狗想盡辦法拱起身體，儘管全身的力氣都快用盡，稻粒還是一粒粒的飄走，最後剩下尾巴尖端的一點點。最後，狗終於到達人間，牠用力一躍，跳上了陸地，將稻粒交給了人類，可惜因為只剩下尾巴上的米粒，以後地上的稻子就只能在頂端長穀子了。

**漢字小學堂**

　　「禾」的甲骨文像植物末稍有下垂飽滿的穗子，「木」代表植物。金文、小篆延續甲骨文字形。楷書將垂穗的部位改成一撇「丿」。古老的人們就懂得採集野生水稻來食用。

**造字本義**

　　禾，本義是結穗的穀類作物。「禾黍」指農作物、莊稼。「嘉禾」是奇特美好的穀物。「一禾九穗」是說東漢光武帝劉秀出世當年，相傳出現一根禾莖長出九穗的異象。

運送稻穀的狗 二〇一五年 陳世憲

---

禾字是豐收，狗泅泳過海，只剩尾巴有稻穀。

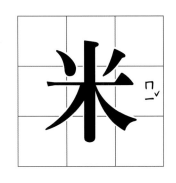

**賽夏族的小米**

　　上古時代，賽夏族的祖先只有一男一女。男人和女人走到山上，不顧雙手沾滿泥土，在地上挖啊挖的，卻什麼都沒得到。女人嘆氣說：「我們雖然生在這片美麗的地方，但找食物多不容易啊！」男人安慰道：「山林的動物都變聰明了，知道我們要打獵，逃得不見蹤影。看來，只能找些果實、竹筍之類的裹腹。」女人埋怨：「那太容易餓了！」女人剛說完話，忽然看到一隻比麻雀還小的鳥兒飛到岩石上，似乎在啄什麼，一邊啼叫，像是在叫同伴過來。兩人過去看，原來鳥在啄一堆黃澄澄的顆粒，啄著、啄著就滾出了粒子；他們又在岩石邊發現一根鹿角。男人隨手拿起鹿角在地上劃了劃，黃色顆粒正好滾落到鹿角劃過的泥土裡，他們覺得無趣就走了。過一陣子回到此地，卻發現黃色的顆粒長出了小嫩芽。幾個月以後，嫩芽長大了，竟然結實成穗，還長出更多穀物。男人女人摘下穀物、剝殼，嚐嚐粒子，覺得十分美味，就按之前的方法將土翻鬆，撒下穀物，耕種起來，並取名為「小米」。

│ 漢字小學堂 │

甲骨文 米　金文 米　小篆 米　楷書 米

　　「米」的甲骨文上下六個點像米粒結滿了穗梗。有一說中間的一橫象徵篩米。金文延續甲骨文字形。小篆將中間兩點上下連寫成了「十」字。楷書時穗梗結米的形象完全消失。

│ 造字本義 │

　　米，本義是粟子。去殼的穀實，今專指稻實，是人類重要的糧食作物之一。其耕種與食用的歷史都相當悠久，起源於約西元前8200年，現在全世界有一半的人口都食用稻米。

土地最肥沃，鹿角挖個洞，小米落土長小米。

蔥
ㄘㄨㄥ

支公的蔥油餅

晉朝時期，在湖北竟陵地區的西湖邊，有一座「龍蓋寺」，住持是一位得道的高僧，人稱「支循禪師」。禪師平日喜歡騎馬，經常乘坐愛駒到處遊山玩水，看似愜意的生活，卻有一件事讓他十分為難，那就是飲食的問題。出外雲遊，想當然大部分的時間都在馬上，經過的地方不見得都有客棧或人家可以打尖休息，累了雖然可以在路旁睡覺，但是餓了該怎麼辦呢？龍蓋寺中的名產倒是解決了這個問題。寺中有一種用麵粉包裹蔥花製作的餅，叫做「蔥油餅」，作法並不難，只要拿麵粉加豬油、芝麻油，放點鹽巴，用棍子壓成麵皮，再放上蔥花，包成圓筒形狀，放入鍋子煎、烤，等到兩面都成了金黃色，就可以享用了。支循禪師非常愛吃蔥油餅，每次出外雲遊都把它當作乾糧，龍蓋寺的蔥油餅就隨著禪師的足跡流傳到許多地方了。當龍蓋寺的住持換成智積禪師後，餅越做越精妙，到了唐代，茶神陸羽更大力推廣蔥油餅，流傳至今，而有了「一家煎餅滿城香，令人垂涎越想嘗」的稱譽。

金文　小篆　楷書　蔥

「蔥」的金文上面是一條短豎「｜」，下面是個「心」。小篆在上面加了草「艸」，標明蔥的植物屬性，中間部位的蔥造型更完整，下面仍是「心」。楷書則變成「艹」字頭。

| 造字本義 |

蔥，本義是大蔥。石蒜科蔥屬，多年生草本。葉子呈管狀，中空，前端尖尖的，有平行葉脈，下面是白色，頂端開著白色小花，集成球狀，可以作為蔬菜、香辛料用，也稱為「青蔥」。

淺黃的、黃的、咖啡色的，蔥字不用解釋，當然都是長長的蔥的感覺。

菜 ㄘㄞˋ

包心菜小孩

　　一片綠油油的包心菜田，驕傲的在陽光下健康長大，清風吹過，菜葉上下掀動，就像綠色的翅膀。菜田裡，忽然傳來幾聲嬰兒的哭聲，田裡怎麼會有嬰兒呢？原來每顆包心菜的心裡面，都躺著一個小嬰兒，嬰兒的膚色有雪白的、黝黑的，也有黃色和紅色。當一個娃娃哭了，其他的娃娃也跟著哭，此起彼落的，好不熱鬧！有一顆包心菜說話了：「我的娃娃成熟了，可以採收囉！」旁邊的包心菜說：「我的娃娃還在睡覺，可能需要再多點時間。你看，娃娃睡覺的模樣好可愛啊！小心臟健康的跳動。」包心菜們讓自己的身體左右搖晃，有規律的動一動，就像搖籃，讓所有的嬰兒感覺到舒服和甜蜜。這時候，有一男一女走過來了，他們推了好幾個籃子，彎下腰，從菜心「採收」那些正在哇哇大哭的嬰兒，將他們放進籃子裡。又有許多鸛鳥飛來了，把裝有嬰兒的籃子叼走，展開翅膀，飛到世界各地去了，原來那些鳥是「送子鳥」。男人、女人相視微笑，女人說：「這些孩子將是世界的希望。」

金文　小篆　楷書 菜

　　「菜」的金文是「采」（採）加上象徵植物的「草」（艸），表示這種植物是採來當食物的。小篆延續金文字形，只是「木」的線條更有曲線美。楷書將小篆的「艸」寫成「艹」。

造字本義

　　菜，本義是古人採來當作食物的草或葉。在狩獵採集的時代，人類已會採集野生的蔬菜食用，大約在西元前一萬年到七千年時，開始了農業耕作，現在全世界的許多地區都種植蔬菜。

包心菜小孩 二〇一五年 陳世憲

心字共四劃，黝黑的比較強壯，紅的比較漂亮，白色的嫻雅，黃色的熱愛土地。

花
ㄏㄨㄚ

新編故事 水仙花與納西瑟斯

　　納西瑟斯（Narcissus）長成了美少年，但是他不知道自己的長相，聽說他剛出生時，神預示只要他見到自己的容貌就會死去，所以父母將家裡的鏡子全收起來。起初，納西瑟斯也對自己的長相很好奇，但日子久了，好奇心就淡了。納西瑟斯成年後，所到之處都有可愛的姑娘追求他，想和他親近，但納西瑟斯不懂，所以對她們相當冷漠，覺得她們很奇怪。其中一個被拒絕的少女傷心得舉手禱告：「神啊！但願納西瑟斯有一天會愛上一個人，卻永遠得不到對方！」復仇女神聽見禱告，就答應了她。那天，納西瑟斯打獵累了，到溪流旁喝水，他跪著喝泉水，卻看到一個美麗的臉龐出現在水裡。「怎麼會有這麼美的人呢？」他以為那是水裡的女神，就愛上「她」了。於是他在水邊流連忘返，想盡辦法，卻怎樣都無法和水中的「女神」親近，直到他再也無法忍受痛苦，跳入水中而死。幾天後，草叢中長出純潔的水仙花，湖水清晰的照出美麗的影子，它就是納西瑟斯的化身，是天神宙斯為了撫慰深情的姑娘們創造出來的。

漢字小學堂

金文　𦮀　楷書　花

　　「花」的本字是「華」。「華」的甲骨文「✸」像樹上滿是花枝的樣子。「花」的金文像花瓣下垂、有莖、彎曲的花枝。後來當「華」單純表達花朵時，便另造一個「花」字。

造字本義

　　花，本義是花。是被子植物的生殖器官，由許多變形的葉集生而成，包括花萼、花冠、花蕊、花托等，可供人觀賞，被稱為「花朵」。也引申為美麗的東西，如「似玉如花」。

納西瑟斯與藍色水面的倒影互看，水仙的綠梗為水仙兩字畫成，美麗的楷書代表美麗的納西瑟斯。

宋就的妙計

　　這時正是戰國時代，各國互相征伐，魏國大夫宋就被派去當縣令，偏偏他任職的縣就位在魏國、楚國的交界，兩方都盛產西瓜，瓜的產量和品質就成為比較的目標。魏國的西瓜甜又大，楚國的西瓜卻淡又小，為什麼呢？主要是兩方種瓜的態度不同，魏人把挑水澆瓜當成最重要的事，楚人卻很少澆水，瓜自然長不好，所以楚國縣令訓斥說：「這種瓜怎能跟魏國比！」楚人當然很不高興，就把錯怪到衛人身上，他們聚起來討論，有人說：「如果我們破壞他們的瓜，我們的瓜不就比他們好嗎？」於是他們晚上趁黑摸去魏國的瓜田踩瓜、拉籐。但衛人也不是省油的燈，他們發現後，氣死了，也紛紛說要報復，宋就忍不住喝道：「夠了！如果鬧個沒完沒了，只會結怨越深。不如這樣吧……」就把妙計說了。當晚，魏人溜到楚國的瓜田幫忙澆水、施肥，這使得楚國的瓜越長越好了，楚人發現後相當感動，也跟著勤奮起來照顧瓜田。楚、魏兩國因此友好起來，邊境的村民也像一家人般，他們的西瓜都又大又甜。

---

漢字小學堂

金文　小篆　楷書　瓜

　　「瓜」的金文就像藤蔓上長了果實，中間是顆大瓜，左右兩條是垂下的瓜鬚。小篆的果實比較小，寫成了「厶」（ 　），仍然保留了瓜藤和瓜鬚。楷書延續小篆字形。

造字本義

　　瓜，本義是掛在藤上的食用瓜類。葫蘆科植物。種類很多，葉呈掌狀，莖的末端卷曲起來，可以攀爬蔓生。大多開黃色的花，果實可以食用，如黃瓜、西瓜、冬瓜等。

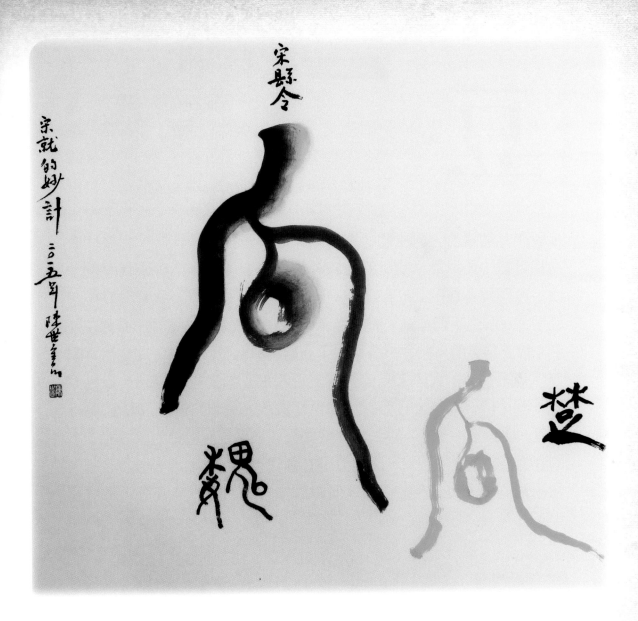

魏國種好瓜，楚國種爛瓜，兩個字一看就知道誰是好瓜誰是爛瓜。

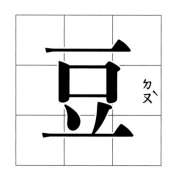

豆
ㄉㄡˋ

豆器的演進史

　　古人已經會製作各種容器裝食物了，其中一件就是「豆」。那時的「豆」指的是一種較淺的高腳盤，用來放黍、稷等食物，後來隨著各種食器被製造出來，就用來放醃菜、肉醬等調味品了。大約在新石器時代，人類就會用陶土製作「陶豆」，對原始社會的人來說，陶豆只是容器，想放什麼食物都可以，所以最早的豆盤比較深，像一個碗。後來貴族就改變了用法，專門放各種配菜，每個「豆」都只放一點點菜，豆盤就變小、變淺了，豆腳也不斷加高，有的還有蓋子。更精緻的「豆」，還會在外表刻上紋路作裝飾，相當精緻。到了商周和春秋戰國時期，開始用青銅製作「青銅豆」。到了宋代，瓷器流行起來，越來越常看到「瓷豆」。元、明、清代以後，豆器就被高足杯取代了，現在的高腳杯還看得到「豆」的影子。至於「豆」為什麼後來會成為豆類植物的總稱呢？上古的豆類植物稱為「菽」，因為豆器在古代也可當作油燈，燈燄看起來就像一粒豆子，與「菽」很像，所以到漢代，「豆」字就取代了「菽」字。

漢字小學堂

甲骨文　金文　小篆　楷書

　　「豆」的甲骨文像高腳盤，盤裡的一橫代表食物。金文省去高腳盤裡的一橫，但加上了象徵蓋子的「一」。小篆延續金文字形，只是碗狀的容器寫成了方形。

造字本義

　　豆，本義是高腳的食器。原本是古代的食器和禮器，後來被假借為豆類植物的總稱，長得像豆類的也被稱為「豆」，如土豆、咖啡豆。部首「豆」的字也和食器、豆類植物、豆形物有關。

古陶文深土色的豆，青銅器綠黑色的豆，到現代更高腳的豆。

果 ㄍㄨㄛˇ

金蘋果

　　希臘的戰士娶了海王的女兒，婚禮時邀請眾神來喜宴，卻沒邀請女神愛麗絲。愛麗絲很生氣，就在婚禮上扔下一顆刻有「給最美麗的女神」字樣的金蘋果。果然希拉、維納斯和雅典娜都上去爭奪，她們都覺得自己才適合「最美麗」的稱號，於是找天神宙斯裁決。可是女人之間的戰爭太可怕了，宙斯不願介入，就推給美男子帕里斯，要女神們去找他。女神們怒氣沖沖的站在帕里斯面前時，他簡直嚇壞了，而且她們開出了令他猶豫不決的條件。希拉是宙斯的妻子，答應讓他當國王；雅典娜是正義女神，願為他戰勝世仇希臘人。但維納斯最了解年輕人，就承諾給他世上最美的妻子。這下子為難了，不過少男嚮往愛情，最後他決定把金蘋果給維納斯，得到了最美麗的女人「海倫」。但這決定可為他製造不少麻煩，因為海倫的丈夫正是斯巴達國王，帕里斯綁架海倫後，把她帶到特洛伊當妻子，這讓斯巴達王非常憤怒，就發兵開戰，弄得民不聊生。誰想得到小小的金蘋果，會惹出這麼大的災禍？

漢字小學堂

甲骨文　　金文　　小篆　　楷書　果

　　「果」的甲骨文像樹上結滿球狀的果實。金文將三顆果實減少成一顆，描繪得比較大，並畫出四粒種子。小篆將金文的果實形狀簡化為「田」字。楷書將小篆的「米」簡化成「木」。

造字本義

　　果，本義是果實。是被子植物花的部份組織衍生成的生殖器官，通常在開花授粉後，以受精的子房為主體而形成，結構分為種子和果皮。是人類及許多動物的食物來源。

顏料是金，篆書寫果，行書寫金蘋。

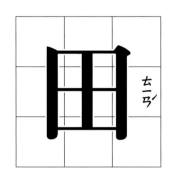

ㄊㄧㄢˊ

神農氏耕田

　　上古時代，中原地區沒有帝王帶領，人們就想推舉莫壞。莫壞卻說：「神農氏天生就認識百穀，我推舉他治理天下。」人們馬上去找神農。當時神農正在伊水邊嚐百穀，他發現將這些穀物去殼加水煮過，就能夠吃飽，可惜一年只收成一次，加上被風雨和鳥獸破壞，所以數量極少。神農明白這是上天的恩賜，如果人們學會種植，擴大產量，就不會挨餓了。神農立即發明耕田的器具，親自下田教導耕種的方法：首先將田地的土翻鬆，再浸泡種子使其發芽，然後按照四季、土壤和穀物的特性去種植；插苗時，要讓穀苗都能吸收水分和陽光，天天灌溉；收割時，穀粒經過晾曬和去殼，就能煮食或儲存了。人們跟著神農在田裡耕作，等到涼爽的秋天來臨，看著穀物飽滿的果實擠在田隴上，大人小孩都開心的收割、晾曬、脫粒、晒穀、去殼、儲藏，最後將雪白的米煮成芳香四溢的白飯，人們都歡欣鼓舞的樂於耕種。神農因此登上帝位，築了一座城來儲藏糧食，叫做「穀城」。

甲骨文　金文　小篆　楷書

　　「田」的甲骨文像一塊田地，「十」代表縱向和橫向的田間小路，分割得很整齊。金文、小篆延續甲骨文字形。「田」的造字就是根據原本的形體描繪出來的。

造字本義

　　田，本義是阡陌縱橫的農耕之地。一說是圍獵，古人打獵時會包圍或驅趕獵物，叫做「田獵」，稱為「畋」。「田」也是開採資源的地方，如「煤田」、「油田」等。

神農氏耕田
二〇一五年陳世欽書

田裡長出金黃色的稻穀，收穫之後藏在城裡面，一年只一穫來之不易。

木頭人

從前在卑南族有兩個女孩，她們的友情深厚，常常一起遊戲、做家事、交換工作，到對方家的田裡幫忙。有一天，她們約好到田裡鋤草，到了黃昏便結伴回家，經過溪流時，兩個女孩就停下來清理背簍、洗淨手腳。其中一個女孩說：「我們去對岸玩吧！」就先走到對岸。另一個女孩洗得很慢，沒有立刻跟過去，還開心的一邊用腳踢水、撥水，又用手沾水把頭髮梳到後面。眼看天色越來越暗，對岸的女孩心急的呼喚，水邊的女孩卻回答：「等等嘛！」她玩得太開心了，不想離開。對岸的女孩不停催促，水邊的女孩仍然說等一等，忽然間，她的身體起了變化，手腳長出灰褐色粗糙的硬皮，向下伸展到土裡紮根，呈現交錯不一的景象；她的身體變成了木頭，但是因為不停的扭動，木頭軀幹就呈現粗細不規則的樣子，向上生長；她的頭髮變成了細枝和綠葉，往橫茂密的生長。美麗的女孩竟然變成了水邊的木頭人，對岸的女孩驚訝得看著好友變成樹木，不知該怎麼辦，只好傷心的回家。

甲骨文　金文　小篆　楷書 木

「木」的甲骨文是沒有葉子、只有枝幹的樹，上有枝幹、下有樹根，中間的「｜」就是樹幹。金文、小篆延續甲骨文字形。楷書淡去樹枝形象。「木」可以合成許多字，如林、森、集等。

**造字本義**

木，本義是樹。引申出木材的意思，也是古人認為的金、木、水、火、土五大元素之一。引申出遲鈍的意思，形容人個性樸實叫做「剛毅木訥」，形容人呆笨叫做「鈍頭木腦。」

褐色的線條不規則延伸，樹葉乃是「葉」變成。

捨本逐末

　　戰國時代，正是各國彼此勾心鬥角、想併吞對方的時代。強大的齊國爲了和趙國加強外交關係，就派使臣載了裝滿好幾輛車的金銀珠寶，去拜訪握有實權的趙威后。趙威后接過使臣送上的獻禮，卻只是淡淡的微笑，不打開齊王寫給她的信，先問使臣：「貴國的情形怎樣了？莊稼收成好嗎？百姓好嗎？還有，你們的君王也好嗎？」使臣很不高興，板著臉回答：「我奉君王之命來問候妳，可是妳不先問候我們君王，卻先問莊稼的收成和百姓，怎麼能先問卑賤的人，然後才問尊貴的人呢？」使臣只稱「妳」而不稱「王后」，無禮的態度，讓滿朝趙國的大臣變了臉色。但是趙威后卻不怪他，反而笑著說：「你的觀念眞是大錯特錯！想想看，如果沒有莊稼的收成好，貴國要拿什麼來養老百姓呢？如果一個國家沒有人民，國君還有存在的意義嗎？先捨去最根本、最重要的問題不問，反而先問最末節、最不遠大的事，難道是對的嗎？」使臣被說得面紅耳赤，不禁對趙威后的胸襟氣度深感佩服。

漢字小學堂

金文　小篆　楷書

　　「本」的金文在樹木的根部加上三點符號，表示樹根在地下的位置。到了小篆，就把根部的三點連寫，簡化成一橫。楷書將小篆中的樹枝部位寫成「十」。

造字本義

　　本，本義是草木的根部。引申爲事物的本源和根源，如「本末倒置」、「變本加厲」。可用來形容起初的、原來的意思，如「本能」、「本名」、「本性」等。

事有根本，理當爬梳，捨本逐末，一事無成。

ㄇㄛˋ

强弩之末

　　韓安國觸犯梁國的國法，被削去了官職，關進監獄。獄吏田甲是個小人，在獄中侮辱韓安國，韓安國卻說：「你不知道死灰可以復燃嗎？」田甲輕蔑的說：「我用小便就能澆滅。」沒想到韓安國後來被漢朝任命爲梁國內史，非常風光。田甲嚇得來謝罪，韓安國開玩笑說：「你現在可以用尿澆了！」但還是厚待田甲。後來劉徹做了漢武帝，派韓安國當北地都尉，又做大司農，由於他平亂有功，不久升爲御史大夫。這時，匈奴派使者到漢朝來請求和親，漢武帝命令大臣要好好討論這件事。官員王恢曾經在邊疆做過幾次官，對匈奴的情況很熟悉，他躬身說道：「匈奴不可信，我主張不和親，而且要派兵討伐！」韓安國卻說：「現在匈奴仗著兵力強大，流動不定，別有居心，實在很難制服。如果我們越過幾千里遠去討伐他們，人、馬都太疲憊了，匈奴正好以逸待勞將我軍殺得片甲不留，就像射了一支箭，箭矢到最後失去力量掉落下來。因此應該答應和親！」這番精闢的分析，讓武帝深感佩服。

金文 末　小篆 末　楷書 末

　　「末」的金文是在樹木的頂端加上一橫，表示樹梢的位置。小篆時就把短橫拉長了。楷書的樹枝、樹根形象都消失，失去了樹木的形象。

造字本義

　　末，本義是樹梢。引申爲物體的尾端和頂梢，又可以說是事物的結尾，如「歲末」、「世紀之末」。有時用來形容不重要的事物，如「捨本逐末」、「本末倒置」等。

強弩之末　二二五年　陳興書

強字有弓，弩字狀如拉弓，末字指示。

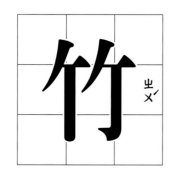

竹
ㄓㄨˊ

泰雅族的族長傷透腦筋，因為住在山洞裡真的太不舒服，洞穴又濕又冷，許多族人都生病了，甚至有人因此過世。族長在洞外踱步，忽然想到一個辦法，他想起前陣子上山打獵時，看到許多大樹都有樹洞，於是對長老們說：「我們不如搬到樹洞住吧！冬暖夏涼好生活。」長老們很高興的同意了。一開始，大家住得很開心，但過幾天後，族人發現林子裡實在有太多野獸出沒，加上毒蛇經常溜上樹來，困擾極了，族長只好再度決定搬家。有個晚上，族長夢見祖靈顯現對他說話：「祖靈的頭髮將成為族人的家，我會用頭髮保護你們。頭髮就是竹子。」同時，祖靈也告訴族長要帶領族人往北方走。族長便依照祖靈的吩咐，帶著族人走了好幾天，找到了一個優美的水源地，停留在那裡。大家看看四周的風景，驚嘆不已，那裡長滿了竹子，就跟族長夢見的景象一模一樣。於是大家開始採集竹子，建造跟夢裡一樣舒適、安全的家屋。從此以後，泰雅族人就住在竹子建造的房屋裡，蒙受祖靈的庇護。

| 漢字小學堂

甲骨文　金文　小篆　楷書　竹

「竹」的甲骨文像兩根垂下的竹葉。金文將甲骨文連在同一點上的兩枝寫成平行，並將三葉並垂的中間葉片寫成了直莖。小篆的葉片拉長。楷書的竹葉形象不明顯了。

| 造字本義

竹，本義是竹子。多年生常綠植物。莖是木質，有隆起的竹節，竹節的部位中空，細長作管狀，綠色。竹莖頗為堅韌，可以供做建築、製造器物之用。

本來住在石頭縫換到樹洞，正好有祖靈的頭髮，以竹子建造夢中的家。

栽
ㄗㄞ

楚子圍蔡，里而栽

　　楚王捶了一下桌子，怒道：「小小蔡國，憑著城牆高大，竟頑強抵抗至今。任他再頑強，也休想逃出我的手掌心！」春秋時代魯哀公元年，楚國圍攻蔡國，楚軍兵力強大，本想輕取敵營，沒想到蔡國的城牆又高大、又堅固，周圍還有護城河，防得鐵桶似的，因此久攻不下，前線只好派人向首都柏舉報告軍情。楚王很煩惱，一旁的大臣子西忽道：「大王，我有九日築壘圍城之計，如此這般，必可拿下蔡國！」楚王大喜，立刻吩咐前線依計而行。首先，在蔡城的一里外打下粗大的木椿，再沿著木椿釘上大片木板，形成擋土牆，接著載來一車車泥土倒入擋土牆內，夯打泥土使其結實，堵住了蔡國所有的城門，工程不過九日而已。土牆上埋伏了弓箭手，不准人進出。蔡國的百姓坐困愁城，眼看糧草要吃完了，軍民苦不堪言，只好打開城門投降。楚國不費一兵一卒就獲得了勝利，蔡國從此滅亡，人民被迫遷往長江與汝水之間。《左傳》曰：「楚子圍蔡，報柏舉也，里而栽。」講的就是這段故事。

甲骨文 𣂺　金文 𢦏　小篆 𢦏　楷書 栽

　　「栽」的金文左下是一根木頭，右邊是將戈頭穩固的插在長柄上，兩者的意思是將木椿（木）牢牢插進土裡。小篆強化了「木」和「戈」的形象。楷書延續小篆字形。

造字本義

　　栽，本義是將木椿插進土裡築牆。引申為種植，如「栽種」、「栽花」。當作名詞是用來形容可栽種的植物幼苗，如「桃栽」、「樹栽」。「倒栽蔥」形容人摔倒時，雙腳朝上的姿態。

老人

章固

紅絲線
二〇二章陸世襄

小孩

衣服禦寒，絲線製衣，絲乃最早發明文字之一，有飄動狀。

黍
ㄕㄨˇ

范張雞黍

范式和張劭並肩走了一段路，道路又遠又長。范式住在山陽，張劭住汝南，今日學業已成，不得不就此告別了。范式說：「兄弟，我們將要各歸鄉里，幾年同學的情誼怎可能忘卻？我兩年後一定會登門拜訪。」張劭含淚答應了。兩人回到故鄉後，生活艱辛、忙碌，自然不在話下，但是絕對不會忘記當年的約定。時光匆匆而過，到了約期，張劭催促母親殺雞、煮黍，等待嘉賓。但張母不以為然的說：「兩年前說過的話，誰記得？」張劭卻說：「范式一定會到！」果然到中午，范式真的來了，於是賓主盡歡，范式心滿意足的離去。沒多久，張劭就生了重病，好友郅君章和殷子微日夜照顧，張劭的神情卻總有遺憾。殷子微問：「我們不算你的摯友嗎？」張劭卻說：「你們是生友，范式是生死之交啊！」不久張劭就過世了。當時范式已經做官，夢見張劭來告知下葬日期，范式很傷心，連忙奔喪。運送張劭棺材的馬出門後不肯再走，直到范式趕來，馬車才繼續前進。朋友間真誠的信義和深情，連馬兒都知道呢。

---

漢字小學堂

甲骨文 ❦ 金文 ❦ 小篆 ❦ 楷書 黍

「黍」的甲骨文是植物成熟結穗下垂，左邊幾個黑點是脫落的穀粒。金文左邊是穀粒，右邊是「禾」。小篆把穀粒改在「禾」下方。楷書則將穀粒寫成「水」，失去穀粒的形象。

造字本義

黍，本義是黍米，可以釀酒。禾本科稷屬，一年生草本。葉子細長而尖，上有粗毛，平行脈。果實呈淡黃白色，帶有黏性。適合大暑時在旱田裡種植。

范章張雞黍 二〇一五年 陳世憲

朋友約定生死摯交，友誼濃厚，墨暈奔染。

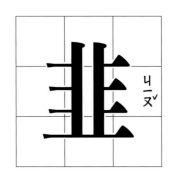

ㄐㄧㄡˇ

| 新編故事 **韭菜加蛋**

　　婆婆吊起了兩道柳葉眉，眼睛瞪得如銅鈴般大，手指著空蕩蕩的餐桌說：「當年我做媳婦，天沒亮就得起床準備早飯。家窮，買不了多少菜，妳們太婆婆的嘴又刁，愛換花樣，哪頓飯不是絞盡腦汁做來的！」婆婆又說：「哪像現在的媳婦，家裡養得公主似的，那可不行！我出個題目，誰做到就可以免去一年家事！」七個媳婦站著聽，不敢回應。婆婆說：「今晚妳們只能用兩樣菜做成十道菜！」說完就離開了。幾個媳婦交頭接耳，有的說：「用兩樣材料做十道菜，根本不可能！」有的說：「反正早就做慣了家事。」大家只想炒一樣拿手菜，婆婆覺得好吃，也許就不計較了。只有最小的媳婦進了廚房，不久，端出一盤「韭菜炒蛋」，大家都笑死了。所有的菜上桌後，婆婆來驗收，氣得罵道：「通通不及格！」又看到七媳婦的韭菜炒蛋，鄙夷的說：「這也算十道？」七媳婦恭敬的回答：「韭（九）菜加蛋，不就是『十』嗎？」婆婆很佩服七媳婦的機智，果然免去家事，還將當家的重任交給了她。

| 漢字小學堂

金文 **韭**　小篆 **韭**　楷書 **韭**

　　「韭」的金文大篆最下面一橫是地面，上頭生了兩排植物，向上開出六個小花。小篆延續金文字形。楷書略有變化，把花寫成了六個短橫。

| 造字本義

　　韭，本義是韭菜。石蒜科蔥屬，多年生草本。葉子細長而扁形，叢生而細密。夏秋之間開小白花。花葉可以食用，味道辛辣，種子可入藥。

婆媳問題，無聊至極。非以廚藝致勝，最重要是機智。

麻
ㄇㄚˊ

蓬生麻中，不扶而直

漢武帝的第五兒子劉胥被封為廣陵王，儘管擁有高貴的地位，他卻還是不知足的記恨繼承王位的弟弟劉弗。他老在心裡頭想：「我的年紀明明比劉弗大，王位卻輪不到我，豈有此理！」於是，他請了女巫日夜詛咒劉弗發生不幸，後來又用同樣的手段，對付可能的繼承者劉賀與劉詢。然而，女巫的魔法終究只是迷信，當劉胥發現法術失敗後，就聯合其他家人合謀篡位。對於這樣的家庭悲劇，戰國時代的思想家荀況早就發表過他的看法，他說：蓬草生長在麻田裡，因為麻的莖桿又硬又直，柔軟的蓬草不需要人扶，也能靠著麻莖站立；白沙混進了黑土，很自然就會被染黑；蘭槐是一種香草，它的根叫做香艾，可是一旦被浸入臭水裡，清白正直的君子就不會配戴，並不是艾草不香，而是已經染上了臭氣。由此可知，家庭環境和人的成長好壞關係很深，有好的生活環境，人才能健康成長。此外，往來的朋友也要謹慎選擇，避免受到負面影響，這樣人生才能走向正確的道路。

## 漢字小學堂

金文 𣄼　小篆 𪐗　楷書 麻

「麻」的金文上面是「厂」象徵屋簷，如工棚、作坊。下面是「𣏟」表示從莖上剝離皮。金文告訴我們：剝皮是在屋內或屋簷下處理的工作。小篆改成「广」。楷書寫成「林」。

### 造字本義

麻，本義是在屋簷下將麻的莖分離出來。桑科草本植物的統稱。一年生草本，莖部的韌皮纖維長而堅韌，可供紡織用，果實可為飼料或榨油。種類多，有黃麻、業麻、苧麻等。

蓬生麻中不扶而直，自立自強不依靠別人。

整齊的稻子

　　接近傍晚了，農民還在田裡操勞，熟練的繼續工作。村子的三面都被青山圍繞了，北邊有農田密布，位在山腳的斜坡上住了幾百戶人家。山腳下則有兩塊大型的晒稻場鋪排在地上，造型就像兩片巨大的貝殼。晒稻場旁邊有兩間用稻草當作屋頂的房子，是一間倉庫，裝著稻穀。長長的屋簷下，有一座大灶台，上面有個大鍋子，是要煮飯給農人吃的。稻場上排滿了金黃的稻子，中間錯落幾條銀白色的小徑讓人走路，好進去翻晒稻子。下面的稻場，有些稻草的穗子上還有很多沒打落的稻粒，整整齊齊的排列。烈日下，老張露著黝黑的上身，披著白髮，頭上戴頂草帽，手中握著長長的藤條趕蒼蠅。他靜靜的跟在牛的後面，嘴裡哼著：「啊呦呦……啊呦呦……」唱給牛聽，讓牛忘記辛苦，也忘記了炎熱。調子悠長嘹亮，只有嘆詞而沒有句子，就連在屋簷下玩耍的孩子們也停止玩遊戲，靜靜的聆聽。遠處是一片片整齊的稻田還待收割，成熟的稻穗似乎擔不住重量了，全都向下彎腰，金光燦燦的。

　　「齊」的甲骨文像稻禾排列整齊的樣子，上頭結穗。金文延續甲骨文字形，只是莖梗拉長了。小篆下面多了兩條橫線，代表地平面，加強稻穗從土地生長的形象。

**造字本義**

　　齊，本義是稻禾結穗後整齊排列生長的樣子。引申為一般事物整齊、平整的樣子。「並駕齊驅」形容雙方實力相當，不分軒輊。「整齊劃一」形容非常有秩序、有條理。

稻子成穀金煌閃爍，供養人類，不得踐踏。

【動物篇】

鼠　ㄕㄨˇ

|新編故事 老鼠嫁女兒

年邁的老鼠夫婦住在陰暗潮溼的黑洞裡。老鼠太太說：「我們女兒這麼漂亮，如果找個好婆家，就能脫離不見天日的生活了。」老鼠先生很贊同，於是兩夫婦就出門找女婿。他們看見空中的太陽，鼠太太說：「太陽啊，你是最強的，如果我女兒嫁給你，就是嫁給了光明！」太陽伸出了幾道烈燄，說：「可是烏雲能遮住我的光芒啊！」老鼠夫婦只好作罷。他們來到烏雲那裡，向烏雲求親。烏雲聚集在一起，又飄散開來，說：「我可以遮住陽光，但只要有一絲微風，就會雲消霧散。」他們又找到風。風迅速旋轉，說：「我可以吹散烏雲，但是牆壁可以擋住我啊！」他們又找到牆。牆卻很害怕的說：「可是我最怕老鼠了，你們總是能把我的身體打穿！」老鼠夫婦面面相覷。鼠先生說：「我們到底怕誰呢？對了，怕貓！」於是鼠夫婦找到貓，堅持要把女兒嫁給他。貓喵喵笑，答應了。迎娶的那天，老鼠們用最華麗的儀式送女兒出嫁，但是貓突然從後面跳出來，一口就吃掉了自己的新娘。

|漢字小學堂

甲骨文　金文　小篆　楷書

「鼠」的甲骨文像有大頭、嘴巴、身體、尾巴和腳的動物，頭上三個點，就是老鼠吃東西留下的碎屑。金文大篆強調尖牙，表現囓齒動物的特色。小篆延續金文字形。楷書將長尾縮短、伸直了。

|造字本義

鼠，本義是老鼠，哺乳類囓齒動物，體型小，毛是灰褐色，門齒可以終生維持生長，常藉著咬東西來磨牙。個性膽小，行動迅速，常常挖洞住在人家，是傳播鼠疫的媒介。

老鼠在牆邊跑，準備打洞，貓在牆上。

牛
ㄋㄧㄡˊ

地牛翻身

　　那時，天地都還是一片混沌呢，始祖女神正在刺繡，不小心把針掉落了，怎樣都找不到。她吹了一口氣，吹開混沌的黑霧，忽然天上傳來霹靂一聲，一道閃光落下來，清氣就裊裊上升，成了藍藍的天空；黑霧卻緩緩下降，凝結成堅實的大地，綿延三千里。剛開始，地還有點軟，始祖女神繼續吹集黑霧，又造了八層地在下面托著，大地才終於牢固，但還是有點搖搖晃晃的。於是，她抓了一塊奇萊山上的土，捏成了一隻土牛，命令土牛用背脊頂住九層地，大地才固定下來，創造了凡間。土牛頂著地，一邊徐徐入睡了，這一睡就睡了三千年，牠每隔三年一小醒、三十年搖動耳朵、三百年翻一次身體，都會造成凡間搖動不安。始祖女神擔心天空不穩固，又朝天上吹了八口氣，造出了八重天頂著天上，終於大功告成！始祖女神高興極了，就邀請眾神來參加宴會。當宴會結束後，她把桌上吃剩的紅蝦殼掃下來，蝦殼飄落凡間，化身為蛹，蛹脫落後，就成為人類了，人類稱大地搖動叫做「地震」。

| 漢字小學堂

甲骨文　　金文　　小篆　　楷書　牛

　　「牛」的甲骨文描繪了正面頭部的線條，上有尖角，下有牛耳。金文延續甲骨文字形，耳朵拉平了。小篆看起來像叉子。楷書將頭上的弓形角拆開，只保留挺直的鼻樑和平行的耳朵。

| 造字本義

　　牛，本義是牛，草食性反芻偶蹄哺乳類動物，體型粗壯，性情溫馴而力氣大，尾巴的尖端長了毛，可以幫人類拉車、耕田，牛肉與牛乳都可以食用，而骨、皮、角可製作成器具。

正面看到牛角造牛字，躺下撐住九層地，好厲害的土牛。

虎 ㄏㄨˇ

虎姑婆

　　母老虎呼嘯一聲，從山上奔馳下山，在地上滾了兩滾，變成了滿臉皺紋的虎姑婆。虎姑婆是隻老虎精，打算找小孩子吃了，修行才能功德圓滿，變成真正的人類。這一天，她躲在一戶人家的門外偷聽，媽媽外出了，屋子裡只有姊弟倆。虎姑婆就敲門說：「好心人，收留我過夜吧！」姊弟倆就邀她來家裡。到了半夜，虎姑婆聽見孩子們睡著的呼吸聲，不由得口水直流，她張開血盆大口，一口就把弟弟吃了。姊姊聽見「喀喀喀喀」的聲音，驚醒過來，問道：「您在吃什麼？」虎姑婆含糊的說：「我在吃花生。」就丟一塊手指頭給姊姊。姊姊大驚失色，勉強鎮定的說要去上廁所，然後溜出屋外，爬到樹上躲好。虎姑婆很快就發現了，準備要爬樹去捉。姊姊靈機一動說：「我會聽話的，但是您要先煮一鍋油給我，我才能跳進去煮給您吃。」虎姑婆欣然接受，把一鍋熱油用繩子吊到樹上。姊姊又說：「請閉上眼睛、張開嘴巴。」虎姑婆照做，姊姊就把熱油淋在她嘴裡，虎姑婆就被燙死了。

漢字小學堂

甲骨文 　　金文 　　小篆 　　楷書 虎

　　「虎」的甲骨文像一頭張著大嘴、露出利齒、身上有條紋的猛獸，揮舞爪子跳起來撲殺獵物。金文延續甲骨文字形。小篆把尾巴的部位寫成「人」，楷書則寫成了「儿」。

造字本義

　　虎，本義是老虎，食肉哺乳類貓科動物，性情凶猛，會襲擊人類。外形像貓，身上有條紋。獨居，擅長游泳。習慣在夜間狩獵，以鹿、羊、豬等動物為食。

樹這個字左邊篆書寸是楷書中間有行書，於是意象生出來。

兔 ㄊㄨˋ

新編故事 **玉兔搗藥**

　　太白金星帶領天兵天將，押著嫦娥來到了天宮，經過南天門時，正好和兔仙擦身而過。兔仙拉過一個守門神，問說：「那位姑娘犯了什麼罪？」守門神嘆口氣，搖頭道：「嫦娥是暴君后羿的妻子，為了阻止后羿在人間作亂，就偷了他的長生不死藥溜了，被后羿告御狀，現在天帝懲罰她到月宮搗藥。」兔仙心想，嫦娥做了好事卻要受罪，真令人同情，但自己只是一個小仙，能幫什麼忙呢？想到嫦娥一個人被關在月宮裡，兔仙就深感不安，要是有一個女兒願意陪伴嫦娥就好了，於是他回家告訴了妻子和四個女兒。兔仙太太聽了，流著淚說：「嫦娥好可憐。可是，我怎麼捨得寶貝女兒離開我們呢？」小兔子們也捨不得父母。但兔仙語重心長的說：「如果是我孤獨的被關起來，妳們願意陪我嗎？嫦娥為了解救百姓，受到懲罰，我們能不幫幫她嗎？」小兔們明白了父親的心，都勇敢的挺起胸膛說願意。兔仙最後決定讓最小的女兒去月宮陪伴嫦娥，小玉兔從此就在月宮搗藥，成了最美麗的傳說。

**漢字小學堂**

甲骨文　　金文　　小篆　　楷書　兔

　　「兔」的甲骨文像張大嘴、長耳朵、短尾的動物。金文在臉部多了「目」。小篆把甲骨文的「口」寫成「刀」，又把「目」寫得像眼鏡，兔子的形象消失了。楷書在兔腳上多了一劃，象徵逃脫。

**造字本義**

　　兔，本義是兔子，食草性哺乳類動物。耳朵又長又大，尾巴短短的向上翹，上唇從中間裂開，後腿比前腿長，擅長逃脫。毛色大多是灰、白或褐色，有家兔、野兔兩種。

善良的玉兔　二0二五句陳世憲

五兔成一兔家族，月亮乃最簡單的象形字，開個門讓兔進來。

龍

ㄌㄨㄥˊ

黃帝微笑著撫摸桌上的鼎，鼎的光澤顯示文明的開展。大臣們拱手恭賀說：「恭喜您又發明了新東西！」黃帝就命人將肉羹盛入鼎裡，舉辦宴席，大宴群臣。那時，正是遠古史上的發明期，諸如舟車、曆法、算術、音樂，都被發明出來了。當第一個鼎被造出來後，天上忽然飛下來一條神龍，那條龍有著電光般的眼神和銀色的鬍鬚，身上的鱗片發出金光，騰挪時，好比有萬匹金緞籠罩著天空。只見神龍慢慢遊過來靠近黃帝，眼神變得柔和起來，牠說：「天帝派我來帶您升天，恭賀您促使文明又邁進了一步。」黃帝點點頭，跨上龍背，他知道自己不會再回來了，於是對大臣們說：「你們多保重！」大臣們有的拉住黃帝的衣角，有的拉住龍的鬍鬚，他們說：「請讓我們追隨吧！」但是龍扭動身軀，把那些人都摔了下來，牠載著黃帝升天，很快就消失在雲霧中了。一位大臣若有所思的說：「不是每個人都能升天啊！只有黃帝才有資格！」後世為了紀念黃帝，就將他升天的地方稱為「鼎湖」。

| 漢字小學堂

甲骨文 🐉　金文 🐉　小篆 龍　楷書 龍

「龍」的甲骨文是龍頭、蛇身的動物，張開大嘴，頭上加了象徵龍角的「辛」。金文、小篆還在龍的身上加了背棘，龍張開的大嘴寫成「月」，原本動物的形象就不明顯了。

| 造字本義

龍，是傳說中一種具有靈性的動物。頭上有角和鬍鬚，身體很長，有鱗和爪。古代的帝王都用龍作為象徵，在衣服上繡有龍的圖騰，稱為「龍袍」。也用來比喻首領或豪傑才俊。

黃帝乘龍升天 二〇一五年 陸世金

龍字是草書，以金彩書寫轉筆再翻筆，字形各不同

蛇
（ㄕㄜˊ）

人心不足蛇吞象

年紀還小的象告別多病的母親，出門上學去了。母親獨力養家，每晚縫補衣服直到深夜，終於得病，象什麼也不懂，依然天真的和同學玩耍打鬧。這天，象看到路邊有條小青蛇在地上爬，它扭來扭去的模樣非常有趣，個性又溫順，象就撿起來帶回家養，取名「小青」，一人一蛇就這樣一起長大。後來象到農家工作，小青也跟著住在他旁邊。原本這是幸福的一家，但母親的肝病越來越嚴重，疼起來像刀絞似的。象找醫生來看，醫生卻開了一張藥方，說：「只要拿青蛇的肝作藥引就可以。」象便四處尋找青蛇，卻找不到，只好把希望放在小青身上。象流著淚對小青說：「我們是好朋友，但無奈為了治母親的病，只好請你讓我到你的肚子裡取肝。」小青立刻張大嘴巴，忍著劇痛，讓象割肝。象的母親吃藥後，病果然好了，但象擔心她會復發，又提出割肝的要求，小青答應了。象割了一片又一片，小青痛得在地上滾來滾去，象還是不肯出來，最後，牠只好閉上嘴巴，把象活生生的悶死了。

## 漢字小學堂

| 甲骨文 | 金文 | 小篆 | 楷書 |
|---|---|---|---|
| | | | 蛇 |

「蛇」的甲骨文像一條蛇經過路口。金文只剩一條蛇，肚子大，加一豎「｜」表示肚裡的食物。小篆的蛇頭是尖圓形，左邊的「虫」是屬性。楷書的動物形象消失，頭型成了「宀」。

### 造字本義

蛇，是有鱗的爬行動物，台灣約有五十八種。舌頭細長而分叉，有蛻皮現象。嘴巴大，身體圓細而長，有鱗無爪，貼著地面蜿蜒前進。有卵生或卵胎生，分為有毒跟無毒二種。

人心不足蛇吞象 二〇一五年 陳世憲

蛇字的它就是蛇，真的能吃下大象嗎？

馬 ㄇㄚˇ

**天馬報恩**

　　天馬被壓在山底下，全身疼得要命。回憶起那天，天帝在河邊看見天馬，牠全身雪白的皮毛閃閃發光，一下子在天上翱翔，一下子又下水游泳，好不神駿！天帝非常寵愛，將牠養在天宮過著舒服的生活。但是天馬漸漸驕傲起來，有一天，溜出去直奔東海想要硬闖龍宮。神龜和蝦兵蟹將上前阻擋，天馬惱羞成怒，竟然一腳就踹死了神龜。海龍王非常憤怒，就上天宮告狀。天帝大怒，下令拿掉天馬的翅膀，然後把牠壓在崑崙山下，三百年都不准翻身。兩百多年過去了，天馬聽天宮管馬廄的神仙說，人類的始祖將從崑崙山經過。天馬靈機一動，當人祖靠近時，牠就大喊：「善良的人祖，請救我！我願追隨您去，終生為您效力！」接著又是一聲悲鳴。人祖不忍心，就砍斷山上的桃樹，轟隆隆的巨響過後，天馬終於從崑崙山下一躍而出了。為了報答人祖，天馬平時耕地拉車、載人載物，任勞任怨；打仗時，還披上鞍馬盔甲，和主人出生入死，屢建戰功。從此，馬和人就成了形影不離的好朋友。

|漢字小學堂|

甲骨文 　金文 　小篆 　楷書 馬

　　「馬」的甲骨文像一匹馬的側面，有馬頭、足、尾巴，背上還有鬃毛。金文突顯了頭部，由兩足變四足，尾巴上翹。小篆淡化了頭部，尾巴下垂。楷書的馬足成了「灬」，動物的形象消失了。

|造字本義|

　　馬，是草食性哺乳類奇蹄目動物。四肢強健、腿長，每肢只有一蹄，頸上有鬃毛，擅長奔跑，能載重行遠，個性溫和，所以作為人類的代步工具。也用在戰場上，稱為「騎兵」。

天馬海過報恩 二〇一五年 陳世襄

馬字雙潊，恃寵而驕，改過報恩。

羊

一尢

　　牧羊人王蹇養了一群羊，每天放牧回來都想要數羊，連做夢也想數，因為這些羊都是他的心肝寶貝，等著剃羊毛、擠羊奶，拿到市場賺回銀子以後，他就能給老婆買件新衣裳，再把屋頂上的破洞補一補。然而這一切都只是「想」而已，王蹇並沒有那麼勤奮，屋頂的洞破了好久都沒有補上，老婆也總是蓬頭垢面的，穿著破衣服，像個黃臉婆。有一天早晨，當他把羊趕回圍欄後，突然心血來潮，真的要數羊了，仔細一查，卻發現少了一頭羊，原來羊圈破了大洞，野狼鑽進來把羊叼走了。隔壁的老陳勸他說：「老王啊，趕快把羊圈修一修吧！」王蹇看看羊圈的洞，又瞧瞧屋頂的洞，已經好幾個月沒下雨了，野狼應該也不會經常來，便回答：「羊已經丟了，修羊圈幹嘛？」但是做人不能嘴硬，當晚就下了場大雨，弄得王蹇家裡溼答答的，鬧水災。第二天早上，王蹇發現羊又少了一隻，狼又來偷羊了，他很後悔沒有即時補洞，於是趕快修好屋頂和羊圈。從那天開始，狼再也不能叼走羊了。

漢字小學堂

　　「羊」的甲骨文是羊的正面頭形，頭上有彎曲的兩角和「V」形鼻孔。金文把鼻孔拉平。小篆把彎角寫得像「艹」。楷書的羊角、嘴和鼻孔的形象都消失了。

造字本義

　　羊，是草食性反芻偶蹄哺乳動物。頭上有彎曲的兩支角，性情溫順。羊的皮、毛、角、骨可製作成器物使用，羊肉、羊乳可以食用，象徵美好與吉利。有綿羊、山羊、羚羊等種類。

家字有洞，分兩次寫，羊群甚多，篆隸草行楷，大小都有。

猴 ㄏㄡˊ

| 新編故事 | **獼猴造反**

　　專門飼養猴子的狙公，每天早晨一定會在庭院分派工作給猴子們，他命令老猴率領小猴到山上採集草木的果實，自己拿走了大部分，只留下一點點給猴子們。要是猴子採到的數量不夠，狙公就鞭打牠們。內心恐懼萬分的猴子們覺得這種日子好苦，卻怎樣也不敢違抗。有一天，一隻小猴子搔了搔腦袋，忽然轉頭問了大家：「山上的果樹，是狙公種的嗎？」猴子們抓抓腮幫子，說：「不是啊！果樹本來就生在山裡。」小猴子又問：「如果沒有老頭子，我們就不能去山上採嗎？」猴子們搔搔下巴，說：「不是啊！誰都能去採。」小猴子瞪大了眼睛問：「那，我們為什麼還要依靠他呢？」話說完，大夥突然都醒悟了，興奮的在庭院裡蹦蹦跳跳，交頭接耳討論起來。那天晚上，猴子們偷偷溜到狙公的房門外偷看，等到狙公睡著，就打破獸欄、毀掉獸籠，放出所有的猴子，還拿走狙公的存糧，一塊兒跑進森林裡，再也不回來了。沒有猴子幫忙採集食物，懶惰的狙公果然很快就餓死。

| 漢字小學堂 |

甲骨文 　　金文 　　小篆 　　楷書 猴

　　「猴」的甲骨文是猴子的側面形象，有大頭和邁開步伐的腳。金文大篆和小篆都加上「犭」（犬）表明屬性，右下方的「矢」象徵射猴子。古人把猿猴歸在犬類，貴族以射猴打獵為娛樂。

| 造字本義 |

　　猴，是哺乳類靈長目動物。與猿同屬，外形像人，全身長毛，能站立，用後腿走路。擅長攀援，行動矯健靈活，喜歡過群居生活。臉頰下面有囊，可以儲存食物，臀部有疣及短尾。

猴字諧音今年猴年,其實猴子的個性多樣。

雞 ㄐㄧ

**鹿角還狗哥**

　　有一隻鹿、一隻狗和一隻公雞在河邊喝水，牠們看著水中的倒影，就聊起了狗頭上的兩支角，都覺得很美。鹿好羨慕，就問狗：「你的角可不可以借我戴在頭上，讓我看起來美一些？」狗不太高興的汪了兩聲：「不行！要是你不還我，怎麼辦？」鹿想了想，就說：「不然請雞作證，保證我會把角還給你。」公雞答應了，於是狗就把角借給了鹿。鹿將兩支角戴在頭上，配上牠修長的脖子和大大的眼睛，看起來真美，牠高興的參加宴會去了。在酒席上，大家都讚美鹿：「你戴上兩支角，真的很美呢！」鹿聽見讚美的話，得意極了，就決定躲起來，不把角還給狗了。第二天，狗想要討回牠的角，卻到處都找不到鹿，就去找作證的公雞，可是雞也還不出角。一番爭執過後，狗氣得追著雞跑，雞嚇得大叫：「鹿角還狗哥！」想叫鹿出來解決問題，但是鹿早就跑遠了。直到現在，狗還是沒有放過雞，總是追著雞跑。我們常聽到公雞「古咕古咕古」的叫聲，其實是牠在喊「鹿角還狗哥」呢！

## 漢字小學堂

甲骨文 　　金文 　　小篆 　　楷書 雞

　　「雞」的甲骨文像頭頂有冠的禽鳥，右邊手拿一串絲線（　），表示捆綁，後來寫成「奚」。金文大篆和小篆延續甲骨文字形，鳥的形體變成「隹」。

### 造字本義

　　雞，是常見的家禽，品種很多，如「母雞」、「土雞」。嘴短，上嘴稍彎曲。頭部有紅色肉冠，雄雞較大。翅膀短，飛行能力不佳。古人從林野抓捕後，用繩子將腳爪綑綁起來馴養在家。

犬字乃篆書在橫跑，尾巴拉長身體壓扁，真的去追雞，雞羽毛即將脫落。

犬（ㄑㄩㄢˇ）

天狗吃月

　　世界已經被十個太陽晒成了焦土，神勇的后羿射下了九個太陽，現在只剩下一個太陽了，人們終於能喘一口氣。當然，后羿就被推舉為部落的首領，但他後來卻沉迷於玩樂，隨意殺人，成了暴君。后羿渴望長生不死，就派人向王母娘娘求取長生不死藥，王母娘娘不知情，就把藥賜給他了。后羿的妻子嫦娥，怕他壽命太長會使百姓受害，於是偷了不死藥，一口吞進肚裡，忽然間她感覺身輕如雲，就飄飄的飛向月亮了。后羿養的獵犬黑耳看見，連忙叫著衝進屋裡，把瓶裡的靈藥都舔乾淨，也跟著追去。嫦娥聽見狗叫，更加速闖進月宮。眼看嫦娥就要逃脫，黑耳突然毛髮豎立，身體不斷變大，奮力一撲，就把嫦娥和月亮一起吞下去了。這時，世界變得一片漆黑，人們驚訝的呼喊，王母娘娘聽見了，急得派人前去捉拿黑耳。一陣激戰過後，黑耳被捉回天宮，王母娘娘認出來是后羿的獵犬，體諒牠的忠心，便封牠為「天狗」。天狗受到封賞感激不已，就吐出了月亮和嫦娥，柔和的月光又重新籠罩著大地。

漢字小學堂

甲骨文　金文　小篆　楷書　犬

　　「犬」的甲骨文是一頭身形瘦小、長尾的動物站立著。金文更像狗，頭部兩側是耳朵，尾巴翹起。小篆中還依稀能分辨狗的形象。楷書中狗的頭部成了一點「、」，失去了動物的形象。

造字本義

　　犬，就是「狗」，食肉的哺乳類動物。古時大狗叫「犬」，小狗叫「狗」，是守衛門戶、打獵的得力助手。嗅覺、聽覺敏銳，可訓練來追蹤、導盲、救生或飼養為寵物。個性忠誠。

王母娘娘

玉帝

后羿

天狗吃月 二三五年 陸筆

藥

嫦娥兩字的線條飄動升上月球。

**豕** ㄕˇ

| 新編故事 | **隨聲逐響**

　　司原先生晚上點了火把在野外打獵,森林裡的鹿看見火光,很快的往東邊跑了。司原先生放聲吼叫,打算將鹿趕過來。這時候,西邊有一群追捕野豬的人,聽到司原先生的叫聲,就跟著高聲叫起來,附和他的叫聲。司原先生聽到有那麼多人的聲音,以為他們是在追逐什麼珍貴的野獸,就放棄追鹿,跑去那些人呼叫的地方埋伏,想捕捉從西邊跑來的野豬。不久,果然讓他抓到一隻全身長了白毛的豬。司原先生非常高興,以為得到了白色的珍貴野獸,於是帶白豬回家,耗盡家裡的糧食,用最好的草料和穀物餵養牠。平常白豬經常昂首低頭,一副親暱諂媚的樣子對主人撒嬌,司原先生更珍惜牠了。過了一段日子,有一天,颱風來襲,外頭刮起大風,下了豪雨,大量的雨水沖到那頭白豬身上,白色的毛遇到雨水就掉色,露出原本灰色的皮毛。豬被風雨嚇到了,不禁叫出聲音來,聲音和一般的豬沒什麼兩樣。司原先生才知道自己養的只是普通的老公豬,白毛只是毛上沾了白色的泥而已。

| 漢字小學堂 |

甲骨文 　金文 　小篆 　楷書 豕

　　「豕」的甲骨文就像豬,嘴巴長、肚子圓、腿短。金文的頭部是個大豬頭,兩側是大耳朵,下面是腿和尾巴。小篆時豬的形象消失。楷書延續小篆字形,將尾巴變成「ㄑ」。

| 造字本義 |

　　豕,本義是豬,哺乳類偶蹄目動物。豬的肉多,頭大,眼睛小,耳朵大,四肢短小,軀體肥滿,鼻子、嘴巴都很長。豬肉可以食用,豬皮可食用或製革,鬃毛則可製成刷子。

隨聲逐響 二〇一五年 陳世憲

豬雖然時常被人罵，但是其實智慧不低，功勞其大。

鳥
ㄋㄧㄠˇ

八色鳥

　　一群剛從凡間回來的小神圍著玉皇大帝，七嘴八舌的描述見聞。玉皇大帝喝道：「再吵就貶下凡間！」小神嚇得閉嘴。花仙子款款上前說話：「稟告天帝，我們發現一處小島，那兒有房舍和農田。村莊裡，男耕女織，安居樂業，沒有仇恨和戰爭，據說叫做『台灣』。」玉皇大帝不相信有這樣的世外桃源，就下令要八仙女帶上隨從八武將前往探查，三天後回報。沒想到兩神到了台灣，深深愛上這片土地，決定結為夫妻，生活在美麗的寶島。人間三年過去了，相當於天上的三天。八仙女哀傷的說：「我們不想離開這裡，怎麼辦？」八武將也很難過，安慰道：「我們的孩子這麼可愛，天帝有了孫兒，也不會生氣了。」話雖如此，但他們仍然知道難逃懲罰。於是，八武將讓懷裡的孩子化為種子，和著八仙女淚水化成的細雨，撒落在台灣上空，他們的身影，慢慢消失在雨水中了。天上的太白老君看見，不由得嘆息，便施法將八仙女夫妻化作八色鳥，比翼雙飛，每年回到台灣看看自己的孩子。

甲骨文　金文　小篆　楷書　鳥

　　「鳥」的甲骨文像一隻在地上行走的鳥，有頭、身體、翅膀、尾和爪。金文有了長尾。小篆中頭部的一橫是眼睛。楷書將爪子寫成「灬」，鳥的形象就淡化不少。

造字本義

　　鳥，本義是長尾的禽鳥類，後來泛指所有飛禽。卵生，全身有羽毛，沒有牙齒，用肺呼吸。前肢變化為翅膀，能飛行，後肢是腳，可行走或站立。也有翅膀退化不能飛的，如雞、鴨等。

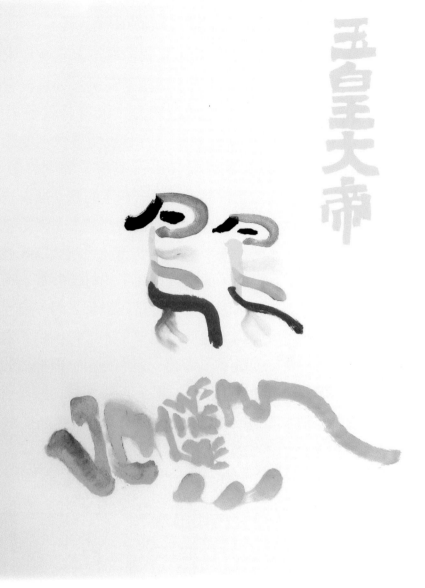

台灣是蓬萊島，八色鳥比翼雙飛。

烏
ㄨ

烏鴉的智慧

　　有一次，烏鴉口渴了，到處找水喝，可是飛了老半天，都找不到溪水，也沒有井水可以用，牠越飛越無力，眼看著就要渴死了。終於，烏鴉看到前方有幾間房舍，便想去碰碰運氣。牠看見其中一座房子的門外放了一個瓶子，瓶子是透明玻璃製的，看得見裡頭盛著一半的水；瓶身很胖，但瓶口很小，只容得下一顆小石頭。烏鴉試著把嘴伸進去，但是牠的喙太大了，瓶子也很深，無論如何都喝不到水。烏鴉又想把瓶口啄破，可是啄了好一會兒，瓶子還是好好的，原來這只瓶子的材質堅實，可沒那麼脆弱。烏鴉想把瓶子推倒，讓水流出來，可是仔細想了想，自己的烏鴉嘴可比不上小貓、小狗的舌頭啊！這真是絕望了。這時，烏鴉看到鋪著小石子的小路，靈機一動，就跳下去叼起一顆小石頭，再把石頭投到瓶子裡。「噗通」一聲，水位似乎上漲了一點。烏鴉大喜，於是反覆的把小石頭扔到瓶子裡。瓶底漸漸堆滿了石頭，水位越升越高，最後抵達瓶口，烏鴉終於喝到了清涼的水。

漢字小學堂

　　「烏」的甲骨文像嘴巴朝天的鳥，右邊兩條曲線是翅膀，下面是爪子，眼睛沒有黑點。金文大篆、小篆延續眼睛的特色，因為古人觀察烏鴉全身黑色，眼眶被黑眼珠填滿，看不到眼白的緣故。

造字本義

　　烏，是鳥綱雀形目鴉科動物。有堅硬的嘴，全身羽毛為黑色，腳趾有鉤爪，警覺性高，平常以穀物、果實、昆蟲、動物的腐屍為食物，多棲息於城市近郊或鄉村高樹。

瓶字雙溦，藍字示水，烏鴉銜石。

象 ㄒㄧㄤˋ

　　阿薩瓦忙著為大象打扮，幫象頭戴起了大花冠，要牽著牠進城做生意。大象進城，自然引起城裡一陣騷動，每個人都放下手邊的事，爭先恐後的去看大象：小媳婦留下還沒晒好的衣物，就跑出去了；媽媽在廚房切菜切到一半，也提著菜刀跟著小媳婦跑出去；小孩子不玩遊戲了，因為看大象比遊戲更有趣。還有一群盲人也想「看」大象，只好拜託鄰居牽他們去，鄰居便牽著他們擠到最前面。盲人看不見，於是請求阿薩瓦允許他們靠近大象，用手觸摸牠。阿薩瓦答應了。第一個摸到象鼻子的盲人說：「大象像什麼？我知道，像一條軟綿綿的蛇。」摸到象耳朵的人回嘴說：「才不是！大象就像會動的芭蕉扇。」摸到象尾巴的人很愛面子，急忙說：「別丟臉了！明明像根甩動的繩子。」摸到象腿的人不以為然的說：「胡說！大象就像一根柱子。」最後摸到象肚子的盲人冷冷的說：「你們摸錯了吧！大象根本就像一堵牆。」等到大象被牽走了，他們還是爭論不休，每個人都相信自己的判斷沒有錯。

| 漢字小學堂 |

甲骨文　　金文　　小篆　　楷書　象

　　「象」的甲骨文像長鼻子、長牙、有尾巴的動物。有的金文描畫成大象的剪影，比甲骨文更像一頭大象。小篆把象的長鼻子寫成「人」形。楷書則完全失去長鼻的動物形象。

| 造字本義 |

　　象，食草性哺乳類長鼻目動物。體形大，力氣大，性情溫馴，有厚外皮，毛少，耳朵大，鼻子能伸捲自如，一對長門牙從嘴裡伸出。殷商時期就是靠大象運送木材、打仗或整地。

114

芭蕉扇

蛇

繩子

牆

柱子

盲人摸象 二〇五年 陸燕書

象是篆書，現實中也很大，盲人果真要摸象，警惕再警惕。

豹
ㄅㄠˋ

金錢豹與黑熊

豹和熊在山裡遇見了，兩個聊起天來。豹說：「現在沒什麼事，打獵都打完了，不如我們替對方著色如何？」熊很高興的答應了。熊先拿筆來替豹上色，牠把豹塗得很漂亮，尤其是那些金黃色的小圓片，讓豹看起來像披上了銅錢製成的外衣。熊很滿意自己的作品，就說：「以後你就叫做金錢豹！」豹很高興說：「輪到我啦！」但牠卻把熊的全身塗得黑黑的，只留下脖子前面一小部分是白色的。熊好生氣，大聲罵：「太可惡了！怎麼把我全身塗黑，醜死了！」熊氣得張開血盆大口，撲過去，想要一口咬死豹。豹大吃一驚，連忙道歉說：「我的繪畫技術太糟了，可是我不是故意的，我本來真心想要讓你更漂亮，才替你著色呀！其實黑色看來很威武，但是既然你不喜歡，我也沒辦法，希望你能原諒我。」熊看見豹這麼低聲下氣，才逐漸平靜下來。豹鬆了一口氣，說：「以後如果我抓到鹿，一定把鹿的後腳趾送給你，請原諒我的疏忽。」熊知道再計較也沒有用，也就原諒了豹。

漢字小學堂

甲骨文　金文　小篆　楷書　豹

「豹」的甲骨文像張開血盆大口、身上有斑紋（黑點）的猛獸，還突出了利爪。金文大篆的右邊多了「勺」，代表聲符。小篆延續甲骨文字形。

造字本義

豹，哺乳類食肉目動物。外型像虎但體型較小，黃褐色毛，背部有黑圓斑，有銳利的爪子。善於捕食小動物，性情凶猛，能上樹捕食其他獸類，傷害人畜。俗稱「豹子」。

金錢豹與黑熊
二○一五年陳螢光書 [印]

黑熊強壯，豹上有紋，橫著走。

熊
ㄒㄩㄥˊ

朋友與熊

　　張三和李四是一對非常要好的朋友，打從他們出生就在一起了。那天晚上，天上雷電交加，轟隆隆的好不嚇人！正巧李大嬸到張家閒話家常，忽然間肚子痛，說要生產了。就像有心電感應似的，張大媽也跟著肚子痛了起來，兩個孕婦就在張家順利生產了。小張三剛一出生，就活力旺盛的模樣，伸出小腳猛踢身旁的小李四，小李四被踢得哇哇大哭起來，大人們倒是笑得很開心，完全沒想到誰欺負了誰。張三、李四就一起長大，成了好朋友。這天，兩人一起同行，打算進城裡做生意。走到半路，前面跳出一頭大熊，全身布滿濃黑的毛，看起來真是威武。張三立即閃電般搶先爬到樹上，藏在樹葉之間。李四來不及逃生，靈機一動：「聽說熊從來不吃死人。」馬上倒在地上屏住呼吸，假裝死了。黑熊走到他面前，用鼻子在他臉上聞了聞，轉身就走了。躲在樹上的張三下來後，問李四：「熊在你耳邊說了什麼？」李四笑著說：「熊告訴我，以後千萬注意，不要和拋棄你的人一起同行！」

漢字小學堂

甲骨文 ⟨圖⟩　金文 ⟨圖⟩　小篆 ⟨圖⟩　楷書 熊

　　「熊」的本字是「能」，在古代「能」就是「熊」。甲骨文是猛獸朝下張開的大嘴和上下兩隻利爪。金文加上「火」，成為「熊」字，象徵熊的兇猛有如大火。小篆延續金文字形。

造字本義

　　熊，哺乳綱食肉目動物。頭大，四肢粗短，用腳掌走路，能攀登樹木。全身濃毛，有冬眠習慣，以肉食為主，多產於寒帶，力大無窮。它的古字「能」引申出能力、才能等意義。

朋友熊與 二○一五年 陳世憲

熊

李四

身字果然是人懷孕，黑熊強壯。

貝
ㄅㄟˋ

**撿貝殼的孩子**

　　小貝殼躺在沙灘上，渾身沾滿了沙粒，陽光曬在它身上，看起來閃閃發光。小貝殼想：「我身上的光這麼亮，應該有人搶著把我撿回家。」其他的貝殼也這麼想，不約而同的借助海浪爬上沙灘，等待有緣人把自己撿回家。到了中午，有一家人來到這片沙灘，他們鋪上美麗的毯子，拿出麵包和牛奶，就開始野餐。其中一個小孩吃飽後，就走到滿是貝殼的沙灘，彎下腰，撿了一粒貝殼，在陽光下看了又看。小貝殼很失望：「怎麼不是撿我呢！」但小孩很快就放下貝殼，走向它的方向。小貝殼好緊張，當小孩撿起它時，它開心得快要歡呼起來，輕輕的打開貝殼，露出小小的縫隙，像在對著小孩微笑。沒想到，小孩又發現另外一個更美的貝殼，就把小貝殼放下了，跑去拿起另一個。小貝殼滾呀滾，滾到了海裡，海浪哥哥將它托得高高的，讓它可以看到沙灘。只見那孩子不停撿，也不停換，最後驚覺還是小貝殼最可愛，但小貝殼已經落入海裡了。到最後，小孩還是沒有挑到最喜歡的貝殼。

| 漢字小學堂

甲骨文 金文 小篆 貝 楷書 貝

　　「貝」的甲骨文像被打開了殼、露出韌帶的貝殼。金文的貝有一半合起來，上面兩橫代表貝殼的紋路，比甲骨文細膩。小篆的貝殼很完整，還突出了兩根像觸鬚的線條。

| 造字本義

　　貝，有甲殼的軟體動物。本義是海中的貝類，如蛤、螺等。古代貝類的外殼因為美觀、難以取得，被當成珍寶，發展為貨幣，稱為「貝貨」。古人也把貝殼當作裝飾。

貝殼乃古錢，於是字形繁多，若生在古代應當各個都珍惜。

三隻毛毛蟲

河邊的樹叢躲著三隻毛毛蟲，牠們爬了很遠的路才來到河邊，準備到對岸開滿鮮花的地方。大毛說：「我們應該先找到橋，再從橋上爬過去。」二毛搖頭：「我們還是造一條船，從水上漂過去。」三毛說：「好累喔，應該先休息兩天啊！」大毛、二毛很驚訝，說：「不行！對岸花朵的蜜就快被別的蝴蝶喝光了呀！」於是大毛爬上河堤的小路，想尋找過河的橋；二毛扭動身體開始爬樹，想折葉子做船。三毛躺在樹底下不動，牠想：「喝蜜當然飽足，但也該享受這兒的涼風。」就慢慢爬上最高的一棵樹，找了片葉子躺下來吹風。潺潺的流水像音樂一般，樹葉在風的吹拂下有如搖籃，三毛很快就睡著了。過了好久，也不知夢到了什麼，牠一覺醒來，發現自己變成了美麗的蝴蝶，翅膀美得像兩片落葉，才搖幾下，就飛到了對岸。這時，花兒開得紅豔豔的，花苞裡都是芬芳的蜜，三毛很開心，想找到大毛、二毛一起來享用，可是飛遍了河邊都找不到，原來，牠們一個累死在路上，一個被河水送進了大海。

---

漢字小學堂

「虫」的甲骨文像頭尖身長的爬行動物，有的將頭部寫成箭號（↑）。金文的蛇身長而捲曲。小篆拉長了蛇的頭部，身體更彎曲了。楷書的蛇頭寫成「口」，蛇的形象消失。

**造字本義**

虫，學者認為古字是「虺」，一種毒蛇，也是「蟲」的本字。虫經常聚集在一起，又有眾多的意思。本來指蛇，後來指昆蟲，又成為動物界的統稱，如虎稱大蟲、獸是毛蟲、禽是羽蟲等。

122

花花花世界，聰明的蟲變成蝴蝶之後，輕鬆過河。

蝶
ㄉㄧㄝˊ

莊周夢蝶

　　莊周在樹林裡散步，覺得累了，就躺在樹下休息，不知不覺睡著了。迷迷糊糊中，忽然覺得自己的身體像一股輕煙那麼輕，幻化成五彩斑斕的蝴蝶在林間飛舞，好不暢快。正飛得開心時，一陣風吹來，蝴蝶被吹到了天上，神仙拿著聖旨出現在地面前，說：「奉楚王之命，任命你為宰相。」隨手一揮，蝴蝶變成莊周，莊周就回到人間去晉見楚王。楚王很高興，與莊周談論政事，但是滿朝的大臣卻不滿的瞪著莊周，人人都覬覦宰相的位置。某天，莊周在公務繁忙之餘，走出華麗的宰相府，抬頭遠望天空，他整天要提防有官員和他鬥爭，心力交瘁，然而他的志向並不在官場。莊周想：「假如我是蝴蝶該有多好！」忽然，他感覺身體輕飄飄的，像美麗的大蝴蝶往天上飛去，飛呀飛，可是怎麼也飛不高，反而往下墜落。莊周嚇一跳，醒過來，發現自己還躺在樹底下，像什麼事也沒發生。他想通了：「世間的榮華果然會綁住人的心靈。」於是，他又繼續在樹林裡賞玩，宛如一隻逍遙的蝴蝶。

| 漢字小學堂

小篆 蠂　　楷書 蝶

　　「蝶」的小篆左邊像一條虫（ ），說明蝶屬於昆蟲類；右邊像樹葉（ ），說明蝶的翅膀就像葉子一樣，飛舞的樣子也和落葉相似。楷書延續小篆字形。

| 造字本義

　　蝶，昆蟲綱鱗翅目。體形小，翅膀大，多為彩色。頭上有對複眼，兩個單眼，複眼間的觸角負責感覺作用。頭下面的口器，可以吸食花蜜。胸前有三對步行腳。喜愛在花間飛舞，傳播花粉。

莊周夢蝶 二○二五年 陳維德書 □

楚王 神山

胡月蟲蝶 也、古蟲

莊周

彩蝶在天空翻飛，莊周字形扁平是躺在樹下睡覺。

【人類篇】

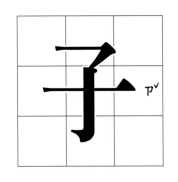

子 ㄗˇ

| 新編故事 **后稷降生**

姜嫄在原野上散步，她把跟隨的婢女拋在後面，將採來的花朵編成花冠戴在頭上，烏溜溜的頭髮如瀑布般垂下來。少女姜嫄多麼無憂無慮啊！雖然年紀小，但她已是帝嚳的元妃，深受寵愛。姜嫄正哼著歌走著，忽然看到前方有個大坑，忍不住過去看，竟是個巨大的腳印！「難道這是巨人的腳印嗎？」她有點害怕，但還是好奇的走到腳印裡，在坑裡玩耍起來，不一會，就感到肚子裡有東西在動。姜嫄害怕起來，只好趕快回到家裡，十個月後就生下了白胖的兒子。每個人都來道喜，帝嚳也得意極了，一直說孩子像他。但姜嫄卻很擔心，夜夜做惡夢，於是在一個漆黑的夜晚，她偷偷將孩子帶出去拋棄在巷子裡，頭也不回的走了。孩子卻不哭不鬧，動物都來保護他，還將他帶到森林裡，找人餵養；後來，有人故意把他放在結冰的溝渠上，鳥兒卻用翅膀當作棉被、鋪墊，使他不會凍傷。孩子的故事很快就傳開了，姜嫄知道是天意，就將孩子抱回來撫養，取名叫「棄」，長大後成為周朝的始祖后稷。

| 漢字小學堂

甲骨文　金文　小篆　楷書　子

「子」的甲骨文像嬰兒的雙腳被裹在小被子裡，露出頭，揮動手臂，人出生後就是這樣。金文、小篆延續甲骨文字形。楷書將嬰兒的兩隻手寫成往兩邊平舉。

| 造字本義

子，本義是嬰兒。古時指子女，現在專指兒子。又有後代、子孫的意思，如「炎黃子孫」。也可作為對男子的美稱，多指有學問、道德或地位的人，如「孔子」、「孟子」。

女、后稷降生 三○五斗 陳[印]書

印

姜嫄

后稷

腳印碩大，姜嫄踩在大腳印中，於是懷胎生下后稷。

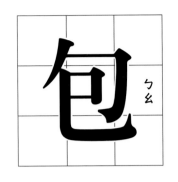

包
ㄅㄠ

新編故事 靈珠子誕生

　　陳塘關總兵李靖皺眉指著夫人的大肚子說：「夫人懷胎三年多還不生，懷的不是妖、就是怪。」殷夫人很煩惱，但出於母愛，她輕撫著孕肚，心想：「孩子快出生吧！別讓爹娘擔心。」那天晚上，夫人夢見一個道士進房對她說：「夫人，快接孩子！」夫人來不及回答，道士就將一個東西往她懷裡送，她猛然驚醒，嚇出了一身冷汗，連忙叫醒丈夫李靖。夫人正要說出夢中所見，肚子卻疼了起來，李靖只好請產婆進來，自己到外面等。過了一會，婢女慌張的出來說：「老爺，夫人生下一個妖精了！」李靖急忙拿了寶劍衝進房間，只見房裡滿是紅光，香氣四溢，卻有個肉球在地上滾來滾去。李靖一劍砍去，「劃」的一聲，肉球分開了，裡頭竟然跳出一個小男孩，他的膚色雪白，眉清目秀，右手套著金鐲，肚子圍著紅布，冒出金光。原來他是女媧座下的「靈珠子」化身，金鐲是「乾坤圈」，紅布是「混天綾」，都是神物。李靖抱起來用被子包裹，仔細看，分明是個好孩子，於是取名「哪吒」。

漢字小學堂

甲骨文　金文　小篆　楷書　包

　　「包」的甲骨文像一層膜中有個嬰兒（），那層膜像孕婦的肚子。金文大篆延續甲骨文字形。小篆將金文中的外膜寫成「勹」（），中間的嬰兒蜷曲著。楷書的嬰兒形象消失。

**造字本義**

　　包，本義是裹。引申為裝東西的袋子，如「皮包」、「書包」。裡面包著內餡的是「包子」。動詞是指包裹的動作，如「包裝」、「包容」、「無所不包」等。

包‧靈珠子誕生 二○二五年 陳　書

渾圓小仙竟是哪吒，豈止難生，懷胎三年，故外包的線條強而有力。

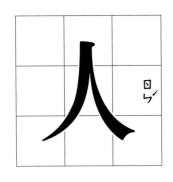

　　盤古開闢了天地，他留下來的濁氣慢慢化為鳥獸蟲魚，讓死寂的世界增添了生氣。女媧走在曠野上遠望大地，心想：「這個世界真美，但總有一種說不出的寂寞！」女媧嘆氣。

　　她對山川草木說話，但它們根本聽不懂，也無法回應。女媧沮喪的坐在池塘邊，對自己的影子發呆，看著影子，突然間，心頭的迷霧撥開了，原來這世界缺少像她一樣的生物。她馬上用手挖了些泥土，加上水，照著自己的影子捏出了幾個小小的東西，它們有五官、身體和雙手雙腳。女媧將這些小東西放在地上，對它們吹一口氣，它們就活了起來。女媧很高興，把他們叫作「人」。「人」和女媧嘰嘰喳喳的對話起來，他們歡呼雀躍了一陣子，慢慢走散了，去找自己的家。女媧的寂寞頓時煙消雲散，她想把世界變得熱熱鬧鬧，就捏了一個又一個的人。但是世界太大，捏出的人還是太少，怎麼辦？她就折下一條藤蔓，沾上泥漿向地上揮灑，點點泥漿掉在地上變成許多人，速度快多了。女媧笑著說：「這才是美好的世界！」

| 漢字小學堂

甲骨文 　　金文 　　小篆 　　楷書 人

　　「人」的甲骨文像側面直立的人類，有頭、手臂、身體和腿。金文延續甲骨文字形。小篆強調彎腰垂臂、臉朝地、背朝天的形象。楷書彎腰垂臂、側立的形象完全消失了。

| 造字本義

　　人，本義是人，也指人民、人類。人是萬物之靈，具有高度智慧和靈性，而且是能製造和使用工具以進行勞動的高等動物，如「男人」、「女人」、「人類」。

泥巴 女媧造人
二○一五年 陳世憲

手拿毛筆如手抓泥巴，毛筆飽沾土色，用力甩在宣紙上，噴甩的點點滴滴好像靠土地維生的蒼生。

大
ㄉㄚˋ

大人國

　　在遙遠、遙遠不可能到達的東海，有一座大言山，太陽、月亮都是從這裡輪流出來，然後再回到這裡的家。附近有一座波谷山，大人國的居民就住在山上。大人國的百姓啊，每個人都有好幾百丈高，掛在天上的太陽、月亮對他們來說，只是伸手就可以摸到的高度而已；他們四肢發達，頭腦卻不簡單，早就發展出超越當時的文明了。在波谷山上，有個讓大人們開會議事的地方，叫「大人之堂」，國會的領袖就是在這裡主持正義、做出決策。大人在母親的肚子裡都要孕育二十六年才生出來，出生時，頭髮就是雪白的，剛生下的嬰兒就已經是魁梧的巨人了，他們在幾個月大學會走路前，就已經可以騰雲駕霧，原來大人都是龍的子孫。有一天，一個大人國的巨人在海邊釣魚，一竿就釣起了六隻大烏龜，這些烏龜是用來支撐海水與陸地的，這樣一來，海水驟降，仙山也失去支撐沉沒了，神仙們失去了家，紛紛向天帝告狀。天帝震怒，就把所有巨人的身高縮短，但是縮短後的他們，身高也還有二十丈呢。

漢字小學堂

　　「大」的甲骨文、金文、小篆都像一個正面站立、垂下雙臂、張開雙腿的成年人。楷書將人的雙手拉成平舉，就看不出人形了。

造字本義

　　大，本義是成年人。又引申為形容大小的「大」，在體積、面積、容量、數量、強度、深度、力量等超過一般，或是超過比較的對象，如「大雨」、「力氣大」等。

古文字中大也是人人也是大，比大海龜大高可及天。

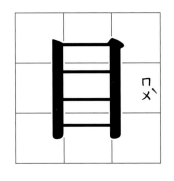

目 ㄇㄨˋ

新編故事 三目神馬王爺

最偉大的木匠魯班修好了趙州橋，熱熱鬧鬧的舉辦一場剪綵儀式，前來恭賀的客人中有個張果老問道：「這座橋經得起大力的滾壓嗎？」一旁的柴王爺也表示疑問。魯班端詳他們，衣著普通，只不過是一般人嘛，就大言不慚的說：「絕對沒問題！」沒想到他們的來歷顯赫，張果老和柴王爺是神仙，今天穿了便服下凡閒逛，魯班竟將他們當成一般人。張果老騎著毛驢，柴王爺也推車上了橋，張果老暗中施了法術，調來日月星辰壓在驢背上，柴王爺也將泰山縮小了，壓在車上，眼看橋面上留下了毛驢的蹄印和推車的痕跡，橋開始動搖，似乎要垮了。魯班急忙跳下河，用雙手托住橋身，他力大無比，在橋身留下了他的掌印。經過這場考驗，趙州橋總算保住了，但魯班覺得羞慚，怪自己有眼不識泰山，立刻挖出一隻眼睛扔在地下，正好天上的天馭星馬王爺路過了，順手撈起來裝在自己的額頭上。魯班從此成了獨眼龍，馬王爺卻有了三隻眼睛，那是光華四射的天眼，後來遺傳給他的遠親二郎神楊戩。

漢字小學堂

「目」的甲骨文、金文像描繪人的眼睛，有眼珠、眼白、眼眶、眼角。金文比甲骨文更神似眼睛。小篆寫成直立的「目」，將線條拉平，就不像人的眼睛了。

造字本義

目，本義是眼睛，如「耳聰目明」、「眉清目秀」。動詞是觀看的意思，如「一目瞭然」，形容看一眼就能完全清楚。又可作為條款、細則，如「項目」、「條目」。

三目神馬王爺 二〇一五年陳世憲

目字是指眼睛，三個眼睛看世界更爲神準。

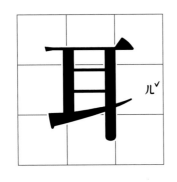

耳 ㄦˇ

千里眼與順風耳

　　高明和高覺一個向遠方看，一個豎起大耳朵聽。高明說：「我看見姜子牙的大軍再走千里就到了。」高覺說：「我聽見姜子牙說要設下詭計。」他們回宮向紂王報告，紂王很滿意。這對兄弟有特殊的能力，高明眼觀千里，是千里眼；高覺耳聽八方，是順風耳，紂王派他們攻打姜子牙，因為姜子牙說的話都被順風耳聽見，做的事都被千里眼看到。姜子牙因此吃了幾次敗仗，後來終於想出計策，派士兵去敲鑼打鼓。吵雜的聲音從周營響起，高明一看，只見紅旗紛飛，眼花繚亂；高覺側耳傾聽，聽見鑼鼓喧天，震耳欲聾。姜子牙便趁機突襲商軍，果然勝利，又逮到千里眼、順風耳，姜子牙就舉起打神鞭把他們打死。千里眼、順風耳陰魂不散，飄到了桃花山，每晚都出來作怪。媽祖林默娘聽說，就前往收妖，遇到二怪，就勸道：「你們有天賦，應該修道愛民。」千里眼與順風耳很不服氣，就和默娘打了起來。默娘手拿銅符，口念咒語，二怪立刻覺得全身無力，只好求饒，從此成為媽祖座下的兩個大將。

漢字小學堂

甲骨文　　金文　　小篆　　楷書　耳

　　「耳」的甲骨文就像外耳的樣子。金文的耳朵線條更明顯了。小篆有所變形，便不太像耳朵的形狀。楷書延續小篆字形，耳的形象完全消失。

造字本義

　　耳，本義是耳朵。也是人和動物的聽覺器官與平衡器官的總稱，可分成外耳、中耳、內耳三部分。形狀像耳朵的東西也稱「耳」，如「木耳」、「銀耳」。

千里眼與順風耳 二〇一五年 陳世憲

面字左邊順風大耳，千里長眼，頭髮飛動。

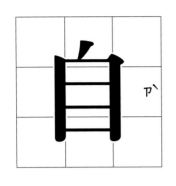

自
ㄗˋ

**不自量力**

　　齊莊公乘車去打獵，馬夫在前座加速疾駛，因為前面的路已經被隨從清得乾乾淨淨，趕走不少經過的路人。齊莊公很自得，享受身為君王的樂趣，他心道：「在這晴朗的氣候下出遊，多麼愜意！」忽然間，馬車的速度放緩了，最後停在路上。莊公詢問：「怎麼停車了？」馬夫回答：「稟告大王，路中間有隻小蟲子，相當奇怪。」莊公好奇的探身一看，原來路中央有一隻小小的綠色蟲子，伸出兩條臂膀似的前腿，姿態英武，似乎想阻擋前進中的車輪，與車子搏鬥一番。莊公問馬夫：「這是什麼蟲？」馬夫說：「大王，這是螳螂。牠看見車子來了，只知道勇猛向前，卻不知道趕快退避，不衡量自己的力量就想要打仗。」莊公縱聲大笑，說道：「如果用螳螂的精神做人，必定能成為天下最出色的勇士。我們繞道走，別傷害牠！」於是馬夫繞過螳螂，從路旁走過去了。這件事很快的傳揚開來，人們都說齊莊公敬愛勇士，於是，許多來自遠方的武士紛紛前往齊國，願意為齊國效力。

|漢字小學堂

甲骨文 　金文　　小篆　　楷書 自

　　「自」是「鼻」的本字。「自」的甲骨文像人的鼻子，有鼻梁、鼻翼、鼻孔，中間一橫是鼻紋。金文將鼻翼連起來。小篆延續金文字形。楷書的鼻子形象消失。

|造字本義

　　自，本義是鼻子。後來向他人表達「我」時，人們習慣手指自己的鼻子，於是被當作第一人稱，如「不自量力」、「自給自足」、「自言自語」。也指起源的地方，如「其來有自」。

不自量力的螳螂

二〇一五年陳世憲

自，這個字看起來不太高是因為螳螂對比車子很虛弱，但是齊莊公在這個節骨眼得到啓示，國家強盛，所以五彩繽紛。

　　好鼻師爬到樹的頂端，朝天空嗅了嗅，又快速的爬下來，走到鄰居的住處。王阿財正在晒稻穀，見到好鼻師，向他招招手說：「等我做完工作，我們去喝一杯！」好鼻師搖頭：「不行，我是來幫你把稻穀搬走，快下雨了！」王阿財連忙將稻穀移到倉庫，免得被雨水打溼，因為好鼻師不但嗅覺敏銳，還很聰明，連天象都能預測，很受民眾的信任和喜愛。天上的玉帝知道了，就招海龍王來，想打聽好鼻師。海龍王嘆道：「神靈降雨除了可以調節氣候，也有懲罰、除惡的作用。現在好鼻師讓我們的工作都難做了。」玉帝就命海龍王去捉拿好鼻師。龍王大喜，立刻將嘴邊的兩條龍鬚從天上垂到地面，老百姓覺得奇怪，引起一陣騷動。只有好鼻師捻著鬍鬚悠然的說：「別怕！這只是龍鬚，攀著它還可以爬上天。」他得意的爬了上去。當好鼻師爬到半空中，龍王便把鬍鬚一抖，好鼻師就從高處摔了下來，摔成許多小碎片。王母娘娘不忍心，就將碎片變成了螞蟻，所以現在全世界到處都是好鼻師。

**漢字小學堂**

　　「鼻」的甲骨文上面像鼻子，下面像一支箭。金文改寫箭的形狀。小篆將箭的形狀寫成「畀」，是古代的響箭，以象徵通上（往上吸氣）的意思。楷書延續小篆的字形。

**造字本義**

　　鼻，本義是鼻子。它的本字是「自」，「自」作為第一人稱後，就另造「鼻」來取代「自」。掌管嗅覺。有生存的意思，如「仰人鼻息」，比喻依靠他人生活或看別人的臉色行事。

鼻子靈通，除了美味還能觀測天象，實乃觀心。

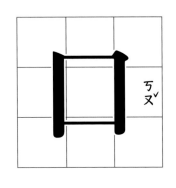

ㄎㄡˇ

大嘴巨人

馬威餓極了，只能躺在地上張開大嘴。馬威是近來在太魯閣山區出現的巨人，據太魯閣族老人說，巨人能在一步間，從這個山頭跨到另一座山，腳一蹉，花東縱谷就被踩出幾個平原，他常用自己又大又快的步伐，追上族人們辛苦追捕的獵物。他很聰明，懂得趴在地上，把下巴平貼在獵物逃跑的路上，嘴巴張得大大的像山洞，等動物受騙橫衝直撞的跑進嘴裡，就閉上嘴巴，不勞而獲的填飽肚子。族人們因此挨餓了，決定起來反抗。這天是個適合打獵的日子，勇士們到山上集合，都說要去打獵，馬威聽見了，又躲到山的後面等動物經過。這時另一批族人在山上升火，燒著巨大的水晶石，燒得通紅，再合力把巨石推下山。勇士們一邊追趕，一邊假裝呼喊：「趕快追啊！」巨人張開大嘴，靠在山路的彎道上，想一口吞下動物。誰知道，火紅的巨石衝進嘴裡，一陣滾燙灼燒他的喉嚨，燒到腸胃，巨人痛得打滾，滾到花蓮、台東的外海，淹沒了，只剩下兩隻腳露出海面，傳說那就是蘭嶼和綠島。

漢字小學堂

「口」的甲骨文像人張開的嘴巴。金文、小篆都延續甲骨文字形。楷書則去掉上方的兩個凸起，寫成方正的形象。

造字本義

口，本義是嘴巴，是人類進食、說話的器官。因為口是氣體和食物出入的地方，可用來形容內外相通的出入處，如「門口」、「巷口」。或指破裂的地方，如「傷口」、「缺口」。

大嘴的巨人 二〇二五年陳世憲

口字四方形，兩兩不平行、粗細皆不同，紅墨暈染看似簡單卻不容易寫。

舌
ㄕㄜˊ

新編故事 長舌婦

　　小男孩拿著竹竿，撥動樹上的紅棗，棗子被弄得低垂下來，但是男孩很矮，怎樣都沒辦法把棗子勾下來，他忍不住想哭。只聽後面幾下「叭噠叭噠」的聲音靠近，八卦嫂穿著拖鞋快速走來，一把抱住孩子，忽然「咻溜」一聲，將舌頭伸出來，把棗子勾進了嘴裡。這時，男孩哇哇的哭了，他顫抖的問：「媽媽是蛇嗎？」他連紅棗都不要了，死命的跑回家裡。沒錯，八卦嫂有一條很長的舌頭。對門的李四嫂老愛找八卦嫂鬥嘴，她看見這一幕，就提議：「我們來比較舌頭的長短吧！」好強的八卦嫂就答應了。那天，旁觀比賽的村民很多，比賽分成兩場，第一場是將舌頭伸進水桶的混水中攪拌，這點不難，單純比較舌頭長度而已，兩個女人都過關。第二場是將舌頭伸進溪水的清水中攪成混水，這就難了，她們必須用力將舌頭伸得更長、更靈活，才能將沉澱物翻攪出來。最後八卦嫂得到勝利，但是溪水被弄濁以後就很難復原，這麼一來，村民都很討厭八卦嫂，避開她，還稱她為「長舌婦」。

漢字小學堂

甲骨文　　金文　　小篆　　楷書　舌

　　「口」的甲骨文前端分岔像蛇的舌頭，下面是「口」。金文的四個黑點象徵口水。小篆少了口水，強調舌頭的形狀。楷書寫成了「千」，分岔的舌尖消失了。

造字本義

　　口，本義是舌頭。是動物口腔中專司辨別味道，幫助咀嚼與發音的味覺器官，也稱「舌頭」。長得像舌頭的物體也用「舌」來稱呼，如「火舌」、「帽舌」等。

長舌婦
舌二○二五年陳世氣
[印]

河水黑色濁流、土色混流都因長舌攪動。

新編故事 眉毛搬走了

爸爸下班回家，看起來很累的樣子，他緊閉嘴巴，皺著眉頭，早早就進房間睡覺了。過了一會，安靜的房間傳出一陣細碎的聲音，仔細找，原來是爸爸的眼睛在說話。眼睛說：「我的本領最大，沒有我，就看不見世界。你們都該搬走！」鼻子不服氣的說：「沒有我，就聞不到牛肉麵的香氣！」嘴巴動了起來，將舌頭捲了兩下，說：「我的本領也差不多重要，沒有我，怎麼品嚐牛肉麵？」耳朵搖了搖，笑了：「沒有我，你們也都聽不到美妙的音樂啊！」誰也不讓誰，只有眉毛很沉默，這使得它看起來很軟弱。眼睛、嘴巴、耳朵、鼻子以為眉毛沒本事，就把它趕走了。第二天，爸爸工作時，汗水從額頭流了下來，流進眼睛裡，眼睛感到一陣刺痛，就撞車了，鼻子、耳朵、嘴巴都受傷。為什麼這樣？五官們認真思考，才發現是因為眉毛不見了！原來眉毛有個很大的本領，就是擋住汗水。於是，它們趕緊把眉毛請回來，又濃又黑的眉毛回到爸爸的臉上，爸爸又成了快樂的郵差先生。

漢字小學堂

甲骨文 金文 小篆 楷書 眉

「眉」的甲骨文在眼睛上方畫出幾根毛髮。金文的毛髮形狀更清楚了。小篆的「目」上方的眉形變化很大，毛髮被簡化成兩個小山符號。楷書的毛髮形象消失了。

造字本義

眉，本義是眼睛上方的毛髮。人的前額與上眼瞼連接處，兩排生有細毛的部分，俗稱「眉毛」。眉毛可以傳達情緒，如「喜上眉梢」，形容喜悅之情流露於眉宇之間。

眉毛撒去了。二〇一五年　陳維寶

眉，眼上有毛，書寫時先在宣紙上，撒上一滴一滴的水，恍如汗滴暈開。

牙 ㄧㄚˊ

**沒牙的老虎**

　　森林裡的動物議論紛紛，最近被老虎騷擾得不得了。山豬說：「我親眼看見老虎把樹幹一口咬斷，真可怕！」猴子心有餘悸的說：「我就在樹上，幸好在樹倒下來以前，跳到另一棵樹。」小兔子瞪著紅眼睛，說：「老虎的大牙啃斷柵欄，像啃麵條一樣。」大家都怕得縮起了脖子。小狐狸笑著說：「可是我偏偏有辦法拔光老虎的牙！」動物們都不信。小狐狸就偷偷去人類家裡叼了一袋糖果，獻給老虎，牠諂媚的說：「虎大王，這些是世上最好吃的食物，獻給您品嚐。」老虎吼了一聲：「我本想吃了你！好吧，就改吃這袋食物！」老虎吃了一顆糖，牠的眼睛發亮了，忍不住一口接一口吃，連睡覺都含著糖果。過了幾天，小狐狸又遇到老虎，看見老虎愁眉苦臉的，就問：「虎大爺，您怎麼了？」老虎說：「我的牙痛得厲害！」小狐狸熱心的說：「讓我幫您治療，拔去壞掉的牙就不會疼了。」老虎答應了。小狐狸在張開的老虎嘴裡，拔了一顆又一顆的牙，直到全部拔光，這下子動物們可開心囉！

｜漢字小學堂｜

金文 小篆 楷書 牙

　　「牙」的金文像上下交錯的白齒（大牙）。小篆在金文的基礎上變形，咬合得更緊密了。楷書失去白齒交錯的形象。古人稱口腔前的牙齒為「齒」，口腔後的為「牙」，現在將牙、齒混用。

｜造字本義｜

　　牙，本義是臼齒。人或動物的口腔中，用來研磨和咀嚼食物的器官。可形容人的口才好，如「伶牙俐齒」。形容文句讀起來不順口，叫做「佶屈聱牙」。

沒牙齒的老虎 二〇二五年 陳棻書

有些人看到老虎的外形內心先產生了害怕，都沒有仔細探究這隻老虎到底有沒有利牙。

有兩個姊妹都生得貌美如花，一個牙齒烏黑，另外一個的牙齒卻非常白。黑齒的女孩總是想辦法遮住她的黑齒，白牙的女孩卻千方百計的炫耀她的白牙。這一天，家裡擺下酒席，請來了幾個客人，吃吃喝喝正熱鬧的時候，大家便想捉弄這兩個女孩。有個客人先問黑齒女孩：「妳姓什麼？」只見黑齒女孩將小嘴兒緊緊閉著，鼓起粉嫩的臉頰，猶豫了老半天，聲音才在喉嚨間打轉，回答：「姓顧。」客人又問：「妳今年幾歲了？」黑齒女孩又鼓起臉頰回答：「年十五。」客人再問：「妳會做些什麼呢？」黑齒女孩又在喉間發出蚊子般的細聲，回答：「會敲鼓。」接著客人轉過頭來，又問白牙的女孩姓什麼？只見白牙女孩咧著大嘴，努力將嘴角盡量往後揚，讓滿口雪白燦爛的白牙露出來，說：「姓秦。」客人又問她今年幾歲？白牙女孩又翻著嘴唇，秀出晶瑩的貝齒說：「年十七。」客人再問她會什麼？白牙女孩又將嘴咧得更大，嘴唇翻得更開，讓白齒全部閃現，笑著說：「會彈琴。」

漢字小學堂

　　「齒」的甲骨文像一張大口，口中露出上下相對的門牙。金文將門牙寫成「ㅅ」，有的金文在上面加個「止」（ㄓ），變成形聲字。小篆延續金文字形。

造字本義

　　齒，本義是門牙。古人稱門牙為「齒」，稱臼齒為「牙」，但後來牙、齒就不分了，泛指「牙齒」。也可形容排列得像牙齒的東西，如「鋸齒」。「咬牙切齒」是形容非常生氣的樣子。

黑齒者黑色，書寫時狀若打鼓。

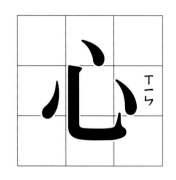

心 ㄒ一ㄣ

比干非常著急,他看得出來紂王的愛妃妲己全身有股邪氣,可是紂王被妲己的美貌迷得暈頭轉向,根本不聽人勸。這天比干看見紂王又亂殺人,聽妲己的話將水池倒滿了酒,叫臣子飲用,荒唐極了。比干忍不住勸:「國君應該維護體統,您帶頭飲酒作樂,國家還有希望嗎?」紂王悶哼:「若不是念在你過去的功勞,我早把你……」就揮手趕走比干。這時妃子喜媚匆忙來稟告:「大王,姊姊的心痛犯了!」紂王連忙趕去,只見妲己滿臉痛苦,昏死過去了。喜媚趁機說:「這是姊姊的老毛病,需要用七竅玲瓏心來救。大臣中只有比干的心才適合!」紂王為了救妲己,就發狠硬要逼比干剖心。比干憤怒的說:「既然大王這麼要求,我就將我的赤誠之心剖出來就是!」就挖出心來扔給紂王。比干搖搖晃晃的向外走,藉著姜子牙送的護身符勉強保住一口氣。走到城外,看到一個女人在叫:「賣空心菜!」比干問:「人沒心會怎樣?」女人答:「沒心就會死。」比干立刻臉色發白,倒地死了,原來這女人正是妲己的化身。

甲骨文　金文　小篆　楷書　心

「心」的甲骨文像心臟的輪廓。金文突出了心臟上端的動脈和靜脈,中間的一豎「│」象徵血液(一說是心跳)。小篆還延伸出像血管的一撇。楷書的血管形象完全消失。

**造字本義**

心,本義是心臟。心臟從靜脈接受血液壓入動脈,維持循環系統。古代認為心主管思維,所以當作腦的代稱,如「用心」、「勞心勞力」。可形容事物的中心,如「菜心」、「圓心」等。

紅色是肉與心臟，肉字紅心臟噴出，酒很多。

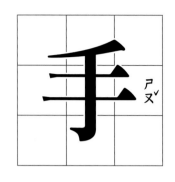

手
ㄕㄡˇ

祈禱之手

　　法蘭西斯跪在床邊祈禱，他合起那雙像砂紙一樣粗糙的手，指頭的關節早已變形。他禱告：「願神將我的才華加倍賜給亞爾伯。」十五世紀，德國的村莊有個家庭生了十八個孩子，生活很清苦。其中兩個孩子是法蘭西斯和亞爾伯，他們都希望成為藝術家，不過身為工人的父親無法負擔兩個孩子的學費，所以這一晚，兩兄弟丟銅板決定，贏的一方先去就讀藝術學院，輸的就當礦工，負責賺錢供給贏的人讀書，之後再輪回來，結果是弟弟亞爾伯贏了。亞爾伯在學校的表現很突出，畢業後就立刻回家，家人歡欣的為他慶賀，亞爾伯卻起立向哥哥敬酒，說：「哥哥，現在我學成了，會全力支持你實現夢想！」但是哥哥哭了，他握著弟弟的手說：「看這雙手！工作毀了它們，何況揮動畫筆？不過看到你實現夢想，我很高興。」幾天後，亞爾伯不經意看到哥哥禱告，他很感動，立刻畫下哥哥的手。四百五十年後，亞爾伯‧丟勒（Albrecht Durer）的作品在博物館展出，不過最知名的，還是他的「祈禱之手」。

金文　小篆　楷書　手

　　「手」的金文像五根柔軟的手指張開的樣子，下面是手臂。小篆延續金文字形。楷書將五指的形象簡化成一撇、兩橫，手的形狀消失了。

**造字本義**

　　手，本義是手掌。引申為手臂的總稱。可用來稱作事的人，如「助手」、「幫手」。也稱從事某種事情或擅長某種技藝的人，如「國手」、「選手」、「水手」、「高手」等。

祈禱之手
二〇一五年
陳〇〇

手的方向虔誠祈禱，手掌接了「禱」字，增加願力。

長毛公公

　　五百年前，特富野部落由Niahosa（奈侯薩）家擔任首長，家裡的閨女出嫁了，她每天辛勤的到河邊捕魚。這天她捕魚時，卻重複抓到同一根木頭，就乾脆把木頭放進口袋帶回家當柴燒，可是當她要拿出來時，卻又找不到了。當晚，她忽然感到身體沉重，像肚子裡有什麼東西，一開始她還跟大家一起工作，等肚子大了，只好躲著人，最後生下一個男嬰。這孩子生下來就是腳先著地，笑起來露出長好的滿口牙齒，身體長滿了毛，於是她給孩子取名叫「長毛」。五天後，長毛完全成人了，還擅長打獵，他很輕易就能抓到一頭山豬。母親將豬肉分給娘家時，娘家卻諷刺她是撿拾腐爛的動物。她不服氣，就要兒子捉活大山豬，然後帶到娘家放開，因為沒有人可以制止山豬衝撞，長毛就跳出來制服了，大家才佩服長毛。長毛老了以後，成為部落領袖，最後擔任首長，當部落遭到敵人侵略，他便帶領族人與敵人作戰，傳說他作戰時身上會冒出熊熊的火焰，燒毀房舍，震懾敵人，因此獲得勝利。

## 漢字小學堂

金文　小篆　楷書　毛

　　「毛」的金文像柔軟、彎曲的毛髮。小篆延續金文字形，只是毛髮更捲曲了。楷書的字形已經失去捲曲的特徵，只剩下一條彎曲的尾巴。

### 造字本義

　　毛，本義是獸毛，也指人的頭髮、眉毛。現在多指動植物或果實表皮所生的絲狀物，如「羊毛」、「奇異果的細毛」。當「草木」形容的有「不毛之地」，指荒涼貧瘠、不生草木的土地。

特富野的人民屬於鄒族，衣服大紅，身上都是毛。

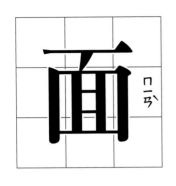
口ㄧㄢˋ

文身刺面

　　好久好久以前，在一個部落裡，族長正踱著步、傷腦筋，不知該如何是好，因爲近來部落中有許多年輕女人陸續死亡。他請巫師來看，問是被鬼怪作祟嗎？巫師說不出所以然。請醫師來看，問是生病嗎？醫師也找不出原因。部落裡人心惶惶，很多人都準備逃跑。有一個晚上，神靈出現在年輕的女子瑪雅（Maya）面前，對她說：「如果族裡的女人都願意在臉上文身，就能免除災禍。」瑪雅醒來，就趕緊告訴族人，但當時還沒有人知道文身的技術。「什麼是文身？」一個小弟弟抬頭問母親，母親拍一下他的腦袋，說：「小孩子不懂就別插嘴！」大家紛紛回家研究文身的方法。不久，族裡有個聰明的男人，看見母親身上衣服美麗的花紋，忽然想到要在女人臉上用黑煙刺墨，果然刺出來的花紋非常美麗，而且色彩不會掉落，族裡的女人們爭相仿效，果然不明的死亡停止了，也讓女人們得到更長的壽命。後來，族裡的人就認爲刺面文身具有某種力量，能讓人趨吉避凶，成爲另一種護身符。

甲骨文 　金文 　小篆 　楷書 面

　　「面」的甲骨文外面有臉型的輪廓，裡面是眼睛。金文略有變形，眼睛的寫法不同。小篆的「目」寫成「首」（圁），強調臉在頭部，眼睛上方一橫是眉毛。

| 造字本義 |

　　面，本義是臉，如「面貌」、「顏面」。也可以指物體的外表或上部的一層，如「水面」、「表面」、「封面」。人與人相見，也可以說是「見面」、「面對」。

紋身刺面　二〇二五年　陳世憲

泰雅族右左爲男女紋面部位不同，勝利是女生，男生額與下巴各一短線連鼻子好像世代傳承。

首
ㄕㄡˇ

**野柳女王頭**

　　千百萬年前，太平洋小島最北端，有一座山深入海裡形成岬角，由少女山神守護，巨大的她總是敬業的坐在這裡。這天風雨交加，浪比平常大，海上突然湧起滔天巨浪，直往岬角衝來，重重拍打下去。沉睡的少女山神驚醒了，一陣濤聲傳來：「對不起，吵醒妳了。」浪濤化為巨大的人型，是一個俊秀的少年，原來他是大海工匠。大海工匠負責雕塑陸地，他踏著白浪，在海邊的岩石上拍打刻劃，打造出各式奇異的模樣。少女山神靜靜看著他雕刻，不禁出神，等她醒悟過來，已經被刻成一個女人頭，有堆疊盤起的頭髮及細長的頸子。她問：「這是我嗎？」大海工匠微笑：「是的，我心目中的您就像個女王。」她遊目四顧，周圍沒有一塊岩石像她被雕得這麼美，她開心得笑了。他們就成了無話不談的好友。只可惜，不久海神就將大海工匠調離這片海岸，少女山神天天坐在岸邊等待工匠，再也沒有離開。雖然滄海桑田，物是人非，但當初大海工匠留下來的岩石雕塑都保留著，包括那座優雅的女王頭。

| 漢字小學堂 |

甲骨文　　金文　　小篆　　楷書　首

　　「首」的甲骨文像動物有毛、眼、嘴的頭部線條。金文強調眉毛，將頭部簡化成一個眼睛「目」。小篆將金文的眉毛形象寫成三條曲線。楷書將小篆的眉毛簡化了。

| 造字本義 |

　　首，本義是人頭。作為團體中領導的人物，稱為「首領」、「元首」。可用來形容事物的開端，如「首當其衝」、「首開先例」。或是第一的，如「首次」。

王字上面是女，模擬野柳女王頭與其顏色。

皮 ㄆㄧ

**畫皮**

　　老王晚上在趕路，卻看到一個美艷的女子站在路中央。老王好奇心起，問她：「妳迷路了嗎？」女子說「是」，老王只好帶她回家。王太太很生氣，反對收留女子，老王不肯，只好安排房間讓她住下來了。有一天，老王在市場遇見道士，道士抓住老王問：「你是不是碰到邪氣了？」老王覺得莫名其妙，甩開道士的手就走。回到家，經過那女子的門口，看見窗戶沒關緊，便湊過去偷看，卻看見一個沒有臉的鬼對著鏡子，正將人皮放到臉上。老王嚇壞了，去找道士來抓妖，道士便送他一個法器要他掛在門口。鬼起先看到法器不敢進門，後來還是強行進入，不但這樣，還將老王的心取走了。老王死了，王太太哭得很傷心，又找道士過來。道士吐了一口痰說：「只要吃下這口痰，妳丈夫就能救活。」王太太很為難的吃了。她看看丈夫，還是死去的樣子，只能抱著屍身哭泣，忽然一陣想吐，就吐在老王的胸膛裡，原來吐的是一顆人心。王太太趕緊將丈夫的胸口縫合，老王終於呼吸起來，救活了。

漢字小學堂

金文　小篆　楷書 皮

　　「皮」的金文像是以手將蛇或動物的皮，從頭到尾剝下來。小篆將左邊的動物寫成重疊的「ㄖ」，「手」的形象更明顯。楷書變形較多，「手」寫成「又」，剝皮的意味消失了。

**造字本義**

　　皮，本義是用手剝皮。現在指動植物體表的一層組織，如「獸皮」、「樹皮」、「人的皮膚」等。因為皮的特性，可用來稱呼很薄的東西，如「豆腐皮」、「臉皮薄」。

畫皮 二〇二五年陳世書

橘色加白色調勻後，拿大筆，書寫隸書的皮。

身 ㄕㄣ

　　美麗的仙女跪在河邊，她俯下身子，伸出雪白的手撈河水來喝，手指猶如晶瑩的玉一般，碧綠的河水從指尖流下，陽光灑在她的手上閃閃發光，真是一副絕美的景象！然而仙女來此地喝水並不是為了解渴。這裡是西梁女國，整個國家都沒有男子，無法繁衍後代，所以天帝賜予國內一條河水，叫做「子母河」，凡是女子成年後，有意願成家了，就可以去取子母河水來喝，喝下就能懷孕。這位仙女喝水以後，不一會兒，小腹就漸漸鼓起來，越來越大，裡頭似乎有胎動，她輕撫著大肚子，露出幸福的笑容回家待產了。之所以有這樣奇特的「風俗」，是因為當地人的祖先原本就是一群仙女，她們本該專心修道，不能有俗念，卻因為看見牛郎、織女的愛情故事，突然對情愛產生渴望，有的還私下凡間找男子談戀愛。王母娘娘發現了，就將仙女們趕到這裡，施法術將地圈起來，要她們關在此地專心修道。仙女們永遠不會老，她們為了擴張勢力、建立家庭，就靠著飲用子母河的水，生下來的都是女孩。

　　漢字小學堂

甲骨文　金文　小篆　楷書　身

　　「身」的甲骨文像一個人挺著大肚子。金文在肚子裡加一點符號「‧」，象徵胎兒。小篆的肚子裡改成一短橫，也是胎兒。楷書的人形消失，大肚子也不見了。

　　造字本義

　　身，本義是懷孕。現在是軀體的總稱，或專指軀幹，如「身長七尺」。也指物體的中心或主要部份，如「車身」、「船身」。又有生命的意思，如「奮不顧身」、「捨身救人」。

紅色顯示女性，身字有動感如水之飄動。

【奇幻篇】

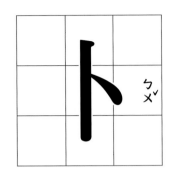

ㄅㄨˇ

龜甲占卜

　　上古時的殷商人民，事無大小，幾乎都要透過占卜來決定大小事，比如吉凶、會不會下雨、老婆生兒子還是女兒、農田有沒有收穫等。今天如往常一樣，有一群人擠在巫師家門口，其中一個人坐在巫師對面，顯得有些焦躁。巫師生了火，等待火苗升起，他就夾起了龜殼放在火上灼燒，幾下清脆的「嗶波、劈啪」聲響起，龜殼輕鬆的裂了，表面產生輕微的裂痕。再等一陣子，見龜殼不再有新的裂痕，巫師就慎重的將它放在桌上，低頭沉思。周圍的人都不敢說話，生怕打擾他，屋裡安靜得連根針掉到地上都聽得見。不久，巫師問道：「你想要問什麼？」坐在巫師對面的人緊張的說：「要問前途。是這樣的，有個朋友邀我一同做買賣，但是要離開家鄉很遠，不知道此去能否有好的結果？」巫師沉吟片刻，就指著龜殼說：「按這龜紋顯示，分岔的痕跡向上斜出，代表吉兆，你可以放心的去做買賣了！」所有的人都很高興。於是巫師就將卜兆的緣由和預示的結果刻在龜殼上，宣告、公布出來。

甲骨文　　金文　　小篆　　楷書

　　「卜」的甲骨文像是龜甲裂痕的模樣。金文延續甲骨文字形。小篆時，把斜斜的裂紋改成平行的短橫。楷書則將短橫寫成向下的一撇。古時認為裂痕向上是吉，向下是凶。

**造字本義**

　　卜，本義是古人灼燒龜甲或牛骨，辨視上面的裂紋以推斷事情吉凶，如「占卜」、「龜卜」。也泛指一般預測吉凶的方法，如「卜卦」。或形容預料、事先推斷，稱為「未卜先知」。

龜甲占卜 二〇一五年陳世憲 卜字. 🔲

龜已乾成甲，刻洞卜之，很難相信古代眞的這麼迷信。

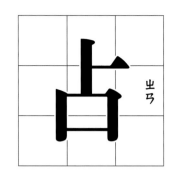

占　ㄓㄢ

|新編故事 驪姬之亂

　　春秋戰國時代，晉國的晉獻公娶了六個妻子，生了五個兒子。其中，齊姜生了太子申生，戎國大戎狐姬生了重耳，她妹妹小戎子生了夷吾。這三個較大的兒子都是年輕有爲的公子。後來獻公又想娶驪戎族的美人驪姬爲妾，按照慣例，必須先請巫師來占卜一番，才能決定這椿婚事成不成，於是巫師就來占卜了。第一次占卜過後，巫師皺著眉頭，面有難色的對獻公說：「這……預兆顯示爲不吉，這是天上的神靈要您別娶驪姬的意思。」獻公悶哼一聲，說：「光是用占卜恐怕還不夠準確，你再用『筮』的方式算一次！」筮就是用著草占卜吉凶的方法。巫師只好取來著草的莖進行占卜，結果顯示爲吉利。獻公大喜，笑說：「既然這是上天的意思，我就不能違逆！」立刻吩咐底下的人著手舉行婚禮。巫師急忙勸道：「筮短、龜長，應該聽從龜卜的才對。大王千萬不可娶驪姬！」獻公不理，仍然娶了驪姬。後來驪姬生下兒子奚齊後，想讓兒子繼位，不但害死了太子申生，還差點害晉國走上滅亡的命運。

|漢字小學堂

甲骨文　占　　金文　占　　小篆　占　　楷書　占

　　「占」的甲骨文表示刻錄巫師占卜後的解說。上面的「卜」代表預測的結果，下面的「口」代表巫師的解說。金文、小篆、楷書都延續甲骨文字形。

|造字本義

　　占，本義是巫師卜問，解說預兆，並將內容刻上作爲史記。根據徵兆以推知吉凶，如「占卜」。古代的一種負責占卜的官職，叫做「占人」，也有觀察人的意思。

拿大筆沾很多墨，墨亂跑可見此占不祥。

共 ㄍㄨㄥˋ

新編故事 地藏菩薩

唐代撫州刺史的夫人娘家姓祖，當她是閨女時，就在家敬奉地藏菩薩。只是祖老爺、祖夫人因寵愛女兒任由她供奉，自個兒卻始終不信。說不動父母，祖小姐只好請人造了一尊金色的地藏菩薩像，虔誠供奉著，期望庇佑父母諸事順遂。一次，祖老爺去撫州辦事，半路遇到仇家，原以為躲開就好，沒想到仇家竟然半夜偷偷摸進房間，拔出刀來要砍他。就在千鈞一髮之際，忽然有個渾身冒金光的和尚，跳到祖老爺床前，伸手來擋刀。刀被擋開，仇家又往和尚的頭砍去，將他砍倒在地，仇家怕驚動客棧裡的人，就趕緊逃走，祖老爺因此逃過一劫。祖老爺親眼目睹了這幕，等他從慌亂中平復，要看那和尚時，卻發現他不見了。回家後，祖老爺把經過向女兒說了，全家人都覺得很奇怪。為了求平安，於是一同到佛堂拜謝菩薩，卻見到菩薩的頭、手各有一條刀痕，才了解原來是地藏菩薩承受刀砍，拯救了祖老爺的厄難。之後，這件事流傳開來，使得越來越多人透過造像、畫像來供奉地藏菩薩。

漢字小學堂

金文 ㄐㄧㄥˊ　小篆 ㄒㄧㄠˇㄓㄨㄢˋ　楷書 ㄎㄞˇㄕㄨ 共

「共」的金文像兩手捧著某個貴重物品。小篆延續金文字形。楷書將金文、小篆的「廿」寫成「廾」，將小篆的雙手寫成「ㅠ」，手的形象消失了，反而比較像供桌底下的桌腳。

**造字本義**

共，本義是以珍品共奉祭神，如「共奉」，現在也可寫成「供奉」。可作為一起的意思，如「共同」、「和平共處」。也有合計的意思，如「共計多少錢」。或是相同的意思，如「共識」。

174

供佛虔誠，念力後有願力。供字全屬刀法，以刀法入筆法。

拜 ㄅㄞˋ

　　每到農曆過年，拜拜成了家家戶戶最重要的工作之一。送神、迎神等儀式，不僅宣告即將告別舊的一年，也祈求來年的好運。正月初一的前一天是除夕，依照農曆大、小月可能是29或30號，這天要先拜地基主，又叫做「拜門口」，然後才是祭祀神明及祭祖。祭過神明以後，就要在神明像上貼上春花；祭祖之後，媽媽就會擺上發糕及米飯各一碗，在上頭插上紙作的紅花，媽媽說這叫做「飯春仔」。小朋友最期待的就是這天，一大早要到廟宇或佛寺燒香拜拜，祈求新年吉祥。很多大的廟宇都會在晚上11點的子時開門，大人、小孩往往在半夜跑去廟前面排隊，準備在廟門打開時搶拜第一柱香，稱為「搶頭香」。據說搶到頭香的人，會在今年得到神明特別的保佑和祝福喔。到了接近傍晚，就是迎神了，俗話說：「送神早，接神晚。」這時大人會領著小孩在家裡的神案，或廚房面向爐灶擺供桌拜拜恭迎神明。接神以後，當年生肖犯太歲的人，要在這天「安太歲」，沒犯太歲的可以點光明燈。大人很忙碌，小孩子則很興奮的在這些儀式中，度過熱鬧的新年。

| 漢字小學堂

金文 　　小篆 　　楷書 拜

　　「拜」的金文像手（手）拿著農作物「麥」（麥），虔誠祭告天地神靈，祈禱收成好。小篆略有變形，把金文的「麥」寫成「麥」。楷書則將小篆的「手」寫成（手），使本義從字形很難辨認。

| 造字本義

　　拜，本義是作揖、磕頭，表示崇敬。現代作為禮節，一是對人低頭拱手行禮，或兩手扶地跪下磕頭，如「叩拜」。二是對神明行禮，有時合掌，有時拿香，如「拜拜」、「拿香拜佛」。

過新年 來拜拜，二〇一五年 陳世憲 [印]

新年新氣象，各色供品拜神，除了拜神也是希望新的一年生命活得精采繽紛。

ㄕˋ

祭祀時的擺設

　　巫師走到祭台中央，這時樂聲大作，巫師站在台上，跪下，帶領眾人朝天跪拜。接著巫師先將祖靈柱（通常是桃木棍）埋進土裡，然後將玉琮中間的圓孔套上棍子，套到底部，使棍子穩固，落地而獻之，討好神靈。接著再用一個比較短的玉琮，套在剛才的玉璧上面，這樣才能使最底下的玉璧緊緊貼著地面。將玉琮插入代表地神的地下，讓玉璧朝天，正代表古人的天地觀念。巫師再拿一種酒器過來，這個酒器的模樣很特別，口部特別圓、寬，巫師將酒朝著左右四方彈灑，這是以酒祭天、祭地的意思，請神靈享用人們奉獻的美酒。最後，巫師還要在祖靈柱上面，插上一個代表自己部落的圖騰。眾人跪倒叩頭說：「謝長生天！謝長生天！」由首領、貴族、大臣等依樣接酒和行禮。巫師在旁禱告：「灑第一次敬天，灑第二次敬地，灑第三次供神，灑第四次祭鬼，灑第六次祭山神、樹神，灑第七次祭祖先，灑第八次供水神，第九次給自己……。」最後首領大開宴席，結束了這次的祭禮。

甲骨文 　金文 示　小篆 示　楷書 示

　　「示」的甲骨文短橫是供桌上的物品，長橫像桌面，一豎像桌腳。上古以石頭搭出供桌。金文旁邊兩點是祭酒、灑酒的意思，也是祭祀的儀式。小篆、楷書延續甲骨文字形。

**造字本義**

　　示，本義是祭祀用的石桌。在石桌上放祭品供祖靈享用。引申為把事物顯現給人看，如「顯示」、「展示」。也有告訴、宣布的意思，如「宣示」。發布命令、布告，則叫「告示」。

示祭祀時的擺設
三〇二五年
陳維德

厚重的祭台，堅強的架構，祭品多彩，期望上蒼感受到祭祀的誠心，當然還要灑酒。

祝
ㄓㄨ丶

巫祝

「祝」在上古時代是一種專業的職業，叫做「巫覡」，這是男、女巫師的合稱，男巫師是「覡」，女巫師是「巫」，他們都能夠以歌舞娛神，而且能通鬼神。「祝」的頭上會戴一頂裝飾華麗的帽子，代表他們的官職，王室賦予「祝」權力，讓他們能在祭祀的壇臺上執行獻禮。儀式是這樣的：女巫或男覡在祭壇上念著咒語，或用歌唱的方式唱出祈禱語，有時是用朗誦的，這也叫做「祝」。在古人心目中，「祝」擁有超越凡人的能力，他們可以化災難為吉祥，化腐朽為神奇，甚至用一些祝禱、工具或草藥，就能使病人起死回生。整個殷商時期長達五百年的歷史，就像是一部「巫史」，因為立國的商湯雖然貴為君王，但他仍然很重視在桑山舉行祝禱儀式，他擅長祈雨，據說很靈驗，使得巫法、巫術與殷商的百姓生活密切的結合起來。祭祀時，全族都要分工合作，共襄盛舉，如果誰偷懶、不願意奉獻，就會被族人責怪，所以聰明的君王就會透過祭祀活動，來達到團結全族、鞏固自己地位的目的。

漢字小學堂

甲骨文 ⟨字形⟩ 金文 ⟨字形⟩ 小篆 ⟨字形⟩ 楷書 祝

「祝」的甲骨文右邊像一個人頭戴冠帽，對左邊祭祀用的石桌祈禱。金文、小篆延續甲骨文字形，「示」使祭祀含義更明顯。小篆時，人的形象有點變化，從跪著變成站著，略彎腰。

造字本義

祝，本義是向神靈祭拜、禱告求福。古代指主持祭禮的人，如「巫祝」、「卜祝」。寺廟主持人是「廟祝」。祈禱、祈求叫「祝禱」、「祝福」。慶祝、慶賀則是「慶祝」。

巫祝．二〇一五年陳世憲

身穿深藍色衣服的祝官在祭典中為眾生祈求，造型奇美。

福 ㄈㄨˊ

新編故事 福「倒」了

　　朱元璋攻佔南京之後，就對手下說：「去悄悄在支持過我的人家門上貼一張『福』字，明天將沒有「福」字的人通通殺掉。」手下不敢多問就去執行命令了。朱元璋盤算，既然已奪下南京，就把反對的人除掉，只留下支持自己的，才方便統治。馬皇后知道以後，相當著急，她擔憂：「才剛入南京，軍民的心都還沒安撫下來就屠殺百姓，恐怕離成功的路越遠。」於是馬皇后也派出心腹，偷偷告訴全城百姓必須在門上貼一個「福」字。家家戶戶都趕緊照辦，但是其中一戶姓廖的人家不識字，竟然把「福」字貼顛倒了。第二天，當朱元璋命令軍隊殺掉門上沒有貼字的百姓時，軍隊卻回來稟告：「全城的人家都貼了字！」朱元璋大為震怒。軍隊又回報：「有一戶人家把字貼倒了，該怎麼處置？」朱元璋就命令將那家人處死。馬皇后在旁，連忙說道：「那家人想必知道您來城裡，特地把『福』給貼倒，不正是『福到了』嗎？恭喜您得到全城百姓的心！」朱元璋這才轉怒為喜，還賞賜給全城百姓，避免了一場禍患。之後，人們將春聯的「福」字貼顛倒，就成了吉利和祝福來臨的意思。

漢字小學堂

甲骨文 福　金文 福　小篆 福　楷書 福

　　「福」的甲骨文像捧一罈酒（🍶）灑酒獻祭（示），以饗天地神靈，祈求萬事順遂。金文將酒罈作更大的變形，看起來更完整。小篆再進一步將酒罈化成「畐」，一直沿用到現代。

造字本義

　　福，本義是以酒祭神，祈求富足安康。古代指祭祀用的酒或肉。是富貴壽考的統稱，或泛稱吉祥幸運的事，如「迎春納福」、「享福」。或運氣好的意思，如「口福」、「耳福」。

飽滿暈開，以行書筆調，節奏順暢，福氣順利。

# 享

ㄒㄧㄤˇ

## 新編故事　泰雅族的收割祭

一年一度收割祭的儀式就要開始！前一天，各家都舂米做起糕來。當天一早，祭團首領帶著酒和糕點往小米園地，先用松香樹皮點燃，然後把成熟的小米割下兩穗，握在手中噴上酒，接著禱告：「我收穫了那麼多，請您隨便享用吧！豐收將會壓斷穀倉板。」這是要感謝祖靈賜福保佑，使小米不受蟲災、鳥害，長大結穗飽滿。祝告後，祭團領袖把這兩穗小米當作聖穗帶回家，留待明年在儀式上播種用。之後，大家就可以輪流幫忙收割。收割那天清晨，那戶人家的家長會先到小米田，摘下兩把小米，用來祭告祖靈，然後囑咐小孩送回家，作爲來年的小米種。幫忙收割的人抵達後，大家會依序走進田中，收割時不能交談，更不可以高聲叫喊。到了中午，大家又依序走出小米田，在田邊享用主人準備的糯米糕及獸肉等。當全祭團的小米都收割完，祭團領袖就會通知各家，把之前準備的酒拿到領袖家中，共聚一堂。然後，領袖會率領家長們上山射鳥，回來後把酒糟、小米和鳥肉共煮，再分配給每人一小份，帶回家中掛在家屋左邊的茅草上，向祖靈祭告，祈求能打到更多的獵物，這樣整個收割祭才算是圓滿結束。

## 漢字小學堂

甲骨文 　金文 　小篆 　楷書 享

「享」的甲骨文像多層樓的廟宇。金文在「口」中加一橫（祭品），表示神靈和祖先受用祭品。小篆的廟宇形象消失，「」表示陰間，強調貢奉給陰間祖先受用，楷書則寫成「子」。

**造字本義**

享，本義是在祖廟擺放祭品供神靈祖先受用。指祭祀、供奉者，如「廟享」。指設宴請客者，如「享宴」。形容受用、擁有，如「享譽」。形容安樂、舒適，如「享受」。

泰雅族的收割祭 二〇一五年
陳世憲

一隻手抓兩把小米的稻穗，稻穗下垂表示豐收，酒甕滿滿墨水暈開，氣氛看起來非常暢快。

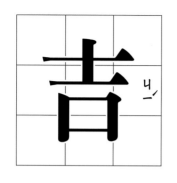

吉

ㄐㄧˊ

吉光

　　神馬吉光是古代的神獸，生活在大澤中，身體的毛是白色的，鬃毛是紅的，象徵著吉祥。這一天，天庭的天將選在大澤畔舉辦比賽，看誰能先抓住吉光。負責主持比賽的天將二郎神說：「這樣難得的神馬，只有最美的仙女才配得上牠。誰抓到吉光，就可以向仙女求婚。」就這樣，所有的天兵天將都奮勇向前，彼此捉對廝殺了起來，剎那間乒乒乓乓好不熱鬧。比賽中，眾神無不想盡辦法陷害對方，好替自己爭取到優勢。比如說，牛郎就要他的神牛猛然一下甩尾，將孫悟空摔個「猴吃屎」；豬八戒邁開腳步往前逃跑，忽然倒打一耙，害沙悟淨胸前的衣襟都劃破了。二郎神看不慣他們這樣自己人亂鬥，不想公平競爭去追神馬，就嘆著氣，走到一邊不打算參戰。就在此時，大澤深處忽然傳來一聲長嘶，吉光甩著頂上的紅色鬃毛撒開腳步出現了，速度快得驚人，竟然能在沼澤上跑步而不會飛濺一點泥濘。只見吉光跑到二郎神身邊，對二郎神跪下來，俯首稱臣，天將們都看傻眼，停下來不打了。原來吉光看出唯一的好神正是不參與戰爭的二郎神，於是載著他去見仙女，也成就了一樁吉祥如意的好姻緣。

甲骨文 ✦　金文 吉　小篆 吉　楷書 吉

　　「吉」的甲骨文像「豆」（✦）加「口」（供桌），表示家有吉慶，盛滿食物的高腳碗堆滿供神的食物。金文將上面寫成「士」，一說是審判官（士）口中說的話能判斷善惡，引申為美好。

**造字本義**

　　吉，本義是吉利、如意。現指好的、善的。與「凶」相對，如「吉凶禍福」、「吉祥」、「大吉大利」等。也可指有利的事，如「凶多吉少」、「趨吉避凶」。

吉光乃神馬一匹，眾神爲牠打鬥，故吉字線條混亂，光至越寫越安静，故事的情節乃書寫節奏。

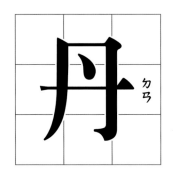

丹
ㄉㄢ

新編故事 秦始皇求取仙丹

　　煉丹，是古人爲了追求長生而煉製丹藥的方術。秦始皇二十八年，始皇第二次出巡，他意氣風發的率領大隊人馬在泰山祭天、刻石，又浩浩蕩蕩的前往渤海。到了海邊，始皇登上芝罘島，放眼望去，在朦朧的雲海之間，山川若隱若現，壯美至極，始皇悠然神往：「這不正是神仙的生活嗎？如果長生不死，何止能統一六國而已！」方士徐福看了始皇的神色，趁機說：「皇上，神仙確實有的，千里外的海中有蓬萊、方丈、瀛洲三座仙山，可渡海上山向仙人求取仙丹！」始皇大爲高興，立刻下令照著徐福的要求，派遣上千個童男童女跟著徐福出海，他則在海邊流連忘返，看著如夢似幻的美景，等待徐福的佳音。然而徐福卻空手而歸，徐福說：「皇上，海神嫌奉獻的禮物太少了，拒絕我的要求。」始皇馬上增派三千名童男童女，加上工匠、技師、糧食種子等等，命徐福乘樓船再次出海求取仙丹。秦始皇苦苦的等候，在海邊做足了神仙夢，但三個月後，還是不見徐福的消息，只好失望而回。又過了幾年，秦始皇派盧生入海尋求仙藥，也是一無所獲。

漢字小學堂

甲骨文 月　金文 月　小篆 月　楷書 丹

　　「丹」的甲骨文像將礦石「—」放到框器「廿」中，準備提煉朱紅色的顏料。金文、小篆延續甲骨文字形，象徵朱砂的符號爲一點或一橫。楷書變形較大，井的形象消失了。

造字本義

　　丹，本義是將朱砂提煉成朱紅色的染料。丹是赤色的礦石。又可稱呼精煉配製的藥劑，如「丹藥」、「仙丹」。或表示顏色，如紅色的「丹楓」。繪畫的顏料叫做「丹青」。

秦始皇求取仙丹 二〇一五年 陳世憲

山虛無飄渺，海波浪飄動，假如找到仙丹也是重金屬會中毒，更何況找不到。

舞 ㄨˇ

## 新編故事 飄逸的女巫之舞

「咚咚咚」、「咚、咚」，鼓聲響起，或綿密、或鬆散，但都十分有規律的敲擊。女巫群邁著優美的姿態緩步出來跳舞以娛樂神明，她們的穿著相當華麗美觀。只見帶頭的一名女巫頭上梳了雙髻，髮上插了橫簪，耳上戴著玉製的耳環，脖子掛一條以玉璧爲墜子的項鍊，胸前一塊大玉璜，那是半圓形的，形狀如半片較大的玉璧。女巫身上穿的衣服更講究，袍子是有滾邊的白色錦帛，有寬版的束腰，使得腰間更爲纖細了，所謂「楊柳腰」也不過如此吧！身後掛了竹編的布囊，裡頭裝著藥材，精湛的醫術使她們給人的印象更加神祕，能夠運用這些藥材驅散病魔，是多麼神奇的事。她的衣襟裡插著一根短笛，這並不是普通的笛子，而是用老巫師過世時留下的脛骨做成的短笛，可用來招喚神靈。她腰間的蛇皮鼓和手上的長杖，都代表女巫擁有高強的法術。女巫腳上穿著尖船鞋，鞋尖翹翹的，此時正配合鼓聲迴旋踏步，有節奏的舞動，風迎面吹來，袍袖揚起，宛如仙女一樣優美飄逸。

## 漢字小學堂

甲骨文  金文  小篆  楷書 舞

「舞」的甲骨文像人身披毛裘、兩手揮動，姿態就像跳舞。金文淡化「手」，加上「辵」（），表示在行進中舞蹈祭祀。小篆下面加兩隻腳「舛」，表示配合音樂舞動。楷書的人、手形象消失了。

**造字本義**

舞，本義是跳舞。有耍動、揮動的意思，如「手舞足蹈」。也有飛揚、飛翔的意思，如「飛舞」。是一種配合音樂節奏移動身體，表演各種姿態的藝術，如「芭蕾舞」、「華爾茲舞」等。

因為飄逸所以雙勾描邊，行書走筆好像穿白色的舞姿飄渺眩惑跳舞於雲嵐起霧之深山。

新編故事 **鬼怕人**

　　許南金借宿在廟裡讀書，忽然放下書本不讀了，他想：「何必考試？萬一考上，還得跟那些污濁不堪的官爺做事，不如自由自在的才好。」他自言自語：「反正我無心做官，就來讀史書吧！」他將經書丟在一旁，只拿《左傳》來讀，不知不覺睡著了。睡到半夜，聽見幾下細碎的聲響從北邊的牆上傳來。停了一下，又發出更劇烈的聲音。他注視牆壁，只見牆上燃起了兩把火，是幽微的暗紅色，又沒有燒焦的味道。仔細看，有個人臉慢慢浮現在牆壁上，像簸箕一樣大，兩把火炬正是「他」的目光。許南金慢慢起來，下床，走到書桌旁翻找了一下，說：「我想起床讀書，但找不到蠟燭，正在煩惱呢，你來太好了！」他拿起書，背對那張臉坐下，竟開始誦讀起來。讀沒幾頁，兩團火炬漸漸隱去，許南金拍著牆壁喊道：「喂！怎麼走啦？這下子沒火了呀！」喊了幾聲，那個鬼也沒有出來，他笑道：「我許南金行得正，坐得直，鬼反而要怕我了。但朝廷裡的那些人，卻比鬼還恐怖啊！」

漢字小學堂

　　「鬼」的甲骨文是「田」（面具）加「大」（成年人），指上古巫師祭祀儀式中戴著面具跳舞。金文從甲骨文的坐姿改成彎腰。小篆多了「𠫔」，象徵獸尾巴，是舞蹈時的裝扮。

**造字本義**

　　鬼，本義是在祭祀儀式上戴面具跳舞的巫師。後來指人死後的精靈，如「鬼魂」。或有某種不良嗜好、行為的人，如「賭鬼」、「酒鬼」。也形容靈巧的，如「鬼靈精」。

鬼字的開始與結束如閃閃兩目光。

魂 ㄏㄨㄣˊ

老學究在夜裡趕路，路上捲起了一陣怪風。在灰色的霧氣裡，現出一個人，只見他一身白衣，朝老學究走來。老學究看清楚那個人竟然是死去的朋友周大福。老學究便問他上哪兒去？周大福說：「我要到南村勾人。」老學究也要到南村，兩個便一起走。一路上人、鬼聊著天，不知不覺走到南村，站在一間破房子前。鬼向屋內張望後，嘖嘖說：「這家主人相當有學問！」老學究問：「怎麼看的？」鬼笑：「人只有睡著時，魂魄才會如氣流般清朗明澈，所讀過的書，字字射出光芒燦爛如錦繡啊！」老學究問：「真正的文士是怎樣？」鬼說：「第一等人發出的光芒直沖雲霄，可與星月爭輝。次一等的光芒有幾丈高，差的也有一點微弱的光。」老學究於是問：「你看，我的光芒大約有多高？」鬼沉吟了好久才說：「昨天我看到你在午睡，胸中有解釋經義的文章，字字化成黑煙籠罩在屋頂上，實在看不到光芒。」說完，舌頭伸得長長的，一副吊死鬼模樣。老學究非常生氣，鬼卻大笑，一下子就消失了。

金文 魂　小篆 魂　楷書 魂

「魂」的金文是「云」加上「鬼」（精神力量），像是說人的魂是一種流動、變幻的氣流，人體內有不可捉摸的能量。小篆將「鬼」字的形象更具體化了。

### 造字本義

魂，本義是人的精氣，如「靈魂」、「亡魂」、「三魂七魄」。也指各種事物的精神，如「國魂」、「軍人魂」。也是人的意志或意念，如「神魂顛倒」、「冰魂雪魄」。

文士魂的光芒
二〇一五年 陳世憲

一枝筆沾黑墨一枝筆沾白水，一起書寫。鬼與鬼的替死鬼，沾白水的線條碰到沾黑墨的筆，書寫時偶爾有光芒。

神
ㄕㄣˊ

　　在上古時期，世界上有很多地方的原始初民，都不約而同的把石塊疊架起來變成石桌，最常見的造型，就是先在底下豎立一個長而厚的石塊，然後再放上一個圓形或方形的石塊來當桌面，這張石桌子就被人們當作神像來膜拜了，而且放在部落的中心，人們把它取個名稱叫做「桌石」，是大家心目中的靈石，也是古代的「神」。拜神的時間到了，巫師就把祭品用的酒灑在石桌子四周，讓天地神靈享受美酒和人們的祭拜。巫師對著「神」又是跪拜、又是舞蹈，在口中喃喃祝禱，乞求上天讓人們免除災禍，保佑生存與健康。全世界都分佈著像這樣被古人膜拜的靈石，例如英國索爾斯伯利平原上的巨大石柱群、法國布列塔尼半島上雄偉的石柱陣、太平洋復活節島上神祕的巨人石像、印度奧里薩邦複雜的巨石文化、非洲肯尼亞中部的石柱林、蘇門達臘島的奇異石雕、北美印第安人獨特的靈石崇拜、中國遼東半島和山東半島發現的五十幾處巨大石棚等等。世界各地都分佈著被當作神明的巨石圈、巨石林、巨石陣、巨石台以及各種靈石呢！

金文 祀　小篆 禣　楷書 神

　　「神」的金文是「示」（示）加上「申」（），表示祭拜象徵神靈的靈石，並且向上傳達巫師（人們）的祝禱。小篆將金文的「」寫成「」，楷書就線條化寫成了「申」。

**造字本義**

　　神，本義是古人祭拜天地萬物的創造者與主宰者，如「山神」、「天神」。或人的精氣和注意力，如「傷神」、「聚精會神」。或稀奇、不平凡的，如「神機妙算」。

196

神石二字，示字顯示神靈之降落，申字如有靈光，石字厚實。

香

ㄒㄧㄤ

新編故事 芬芳的火鳥

　　上古時，天方國有一種不死鳥，名叫「菲尼克斯」（Phoenix），每隔五百年，牠就會採集各種濃郁香味的樹枝，將它們疊起來，做成芬芳的鳥巢後，再引火自焚，留下來的灰燼中會出現重生的不死鳥。有一次，大鵬鳥遇到了不死鳥，兩隻鳥的體型都很龐大，身材和羽毛的顏色也都很美，牠們側著頭打量對方，互不相讓。大鵬鳥舉起翅膀，先說話了：「我只要震動翅膀，一飛就是幾千里遠；平常不叫，但一叫就會驚為天人。這才叫世界上最偉大的鳥。」不死鳥眨了眨眼睛，說：「聽起來很偉大。不過，雖然我的叫聲沒有你響亮，飛行的速度也沒有你快，但我可以永遠不死，死了還可以復活。」大鵬鳥不信，說：「每一種生物都會死，死亡是一種逍遙的狀態，我不覺得這樣就算偉大。」不死鳥朝天空叫了幾下，用牠的喙摩擦腳下的香木，鳥巢燒起來了，瞬間化成芳香的灰燼，很快的，灰裡頭就冒出一隻美麗的、帶著香氣的不死鳥。不死鳥說：「生命給了我很多次重來的機會，最偉大的其實是生命，不是你和我啊！」說完，就展翅高飛，留下了沉思中的大鵬鳥。

---

### 漢字小學堂

甲骨文　🌱　金文　香　小篆　香　楷書　香

　　「香」的甲骨文像「麥」（🌱）加上「甘」（🗋），或是容器裝著食物，表示享用食物感受到的芳香氣味。金文大篆和小篆將「麥」寫成「黍」（黍），楷書又寫成「禾」，表示來自五穀的香氣。

#### 造字本義

　　香，本義是享用麥、黍做成的食物時體驗到的氣味。指芬芳美好的氣味，如「花香」。用香料製成棒、線、球、餅的東西，可供拜祭鬼神或驅除蚊蟲，如「檀香」、「蚊香」。

取膜拜的香顏色近土黃色，香味如遠傳，最後恍如鳥巢。

鼎 ㄉㄧㄥˇ

問鼎中原

　　楚莊王原本是個浪蕩子，後來決心改革政治，開疆拓土，討伐戎人。這天，楚軍行軍到雒水邊，就在周王室境內擺開陣勢，想與周天子較勁。周定王連忙派王孫滿到楚營探查。楚莊王傲慢的問王孫滿：「聽說大禹治水後鑄有九鼎，放在周的首都，不知鼎的大小輕重如何？」王孫滿說：「這要看君王的德行，而不在鼎本身。從前，夏朝剛擁立明主，工匠用九州進貢的金屬鑄成九鼎，把奇異的圖畫鑄在鼎上，讓百姓知道哪些是神，哪些是邪，因此沒有災害，國家和諧，承受上天的庇祐。後來傳到夏朝，桀昏亂無德，被湯推翻，九鼎就遷到了商朝。傳到暴虐的紂王，又被周給推翻，九鼎便遷到了周朝。君王如果有好的德行，鼎就算小，也重得無法移走；君王若是昏庸，鼎再大，也輕得容易遷移。」楚莊王知道王孫滿是在嘲諷他，但又被說得一時無言。只聽王孫滿堅定的說：「周朝的天命還沒改變呢，因此鼎的輕重，是不能問的！」這番話，讓莊王看清稱霸中原的時機未到，只好先退出周境。

甲骨文　金文　小篆　楷書

　　「鼎」的甲骨文像有足、兩邊有提耳的容器，就像鍋子，是殷商朝祭禮中最高規格的寶器，在容器中加一橫，表示食物（牛肉）。金文中三足、提耳的形象鮮明。小篆將鼎足變形了。

### 造字本義

　　鼎，本義是古代用來烹煮食物的金屬器具。圓腹、三足兩耳，或四足的方鼎。古代傳國的寶器，相傳夏禹治水後鑄了九鼎，以作為傳受帝位的重器。「一言九鼎」也用來形容說話有份量。

鼎上有銅綠，四方堅固，穩重治國，鎮守家園。

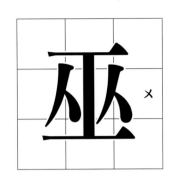

巫 ㄨ

## 新編故事　原始女巫

在距今九千年前，長江上游的巴蜀湖濱，住了一群女巫，她們就像女人國一樣發展母系社會。女巫們住在湖邊，這裡最適合捕魚，她們平常就靠吃採集來的魚、蝦和附近摘來的果實爲生。一個年輕的女巫今天帶著她飼養的大獒犬，也來到林邊摘取果實，她的眉目姣好，身段修長，不過皮膚上有許多刺青，刺的都是看起來相當別緻的蛇圖騰，有著庇護的作用，走在叢林裡也是很好的掩護。年輕女巫精通巫術，智慧超群，從她十歲開始，就懂得用巫術救治族人，這使她在部族的地位高尚。現在，她對準一棵樹幹，拿起石斧用力砍伐。多年來的鍛鍊，已經使她練得身強體健，但是這種砍伐樹木的活兒，還是讓她累得汗流浹背。終於樹幹倒下了，年輕女巫就用運用帶來的一切工具，如石塊、石片、石斧、石刀等等，細心的刨挖和雕琢這根大樹幹，最後挖出一個凹槽，獨木舟就完工了！女巫招喚其他的女巫過來，一邊祝禱，一邊將舟推入湖裡，這舟不但是她們的交通工具，更象徵了地位與財富。

## 漢字小學堂

甲骨文 　金文 　小篆 　楷書 巫

「巫」的甲骨文「」（工）加「」（巧具），代表智慧。遠古巫師是部落中最有智慧的，常是女巫，男巫較晚才出現。金文延續甲骨文字形。小篆是「工」加兩個「人」（），表示多人祝禱。

**造字本義**

巫，本義是遠古部落中具有智慧的通神者，以法器祝禱。是神鬼的代言人或是代人祈禱，求鬼神賜福、解決問題的人，如「女巫」、「巫祝」、「巫醫」。

原始女巫 二〇一五年 陳世憲

---

原始女巫身材曼妙，智慧過人，思緒流暢。

沉
イ
ン

河伯娶妻

　　美麗的少女坐在漂亮的船上，舉起袖口來擦眼淚。船剛開始浮在水上，飄了數十里後就慢慢下沉，少女向來處眺望，早已看不見岸邊的親人，她的生命很快就如水上的泡沫般消逝。很久以前，河南的鄴縣經常鬧水災，有個巫婆說：「河伯每年都要娶親，我們得獻上一個美麗的少女。」當地的官員們也說：「如果有民眾交不出稅金，女兒就要送給河伯為妻！」百姓只好無奈的接受了。說也奇怪，後來彰水果然平靜許多，百姓們也就繼續這個習俗。今年又要祭典了，大家人心惶惶，正好新上任的縣令西門豹是個不信邪的，他知道鄴縣的疾苦所在，於是一上任就表示願意參觀祭典。到了祭典那天，西門豹對巫婆說：「麻煩妳先去告訴河伯，今年選出來的少女太醜，再寬限一些時間吧。」就命人把巫婆丟入彰水。西門豹守在河邊等，巫婆始終沒回來，他喃喃自語：「怎麼還不回來？難道要再派人下水？」那些官吏嚇得跪下來求饒，西門豹才不殺他們，嚴加懲處，並廢止這個殘忍的習俗。

漢字小學堂

| 甲骨文 | 金文 | 小篆 | 楷書 |
|---|---|---|---|
| 𤯁 | 沕 | 沉 | 沉 |

　　「沉」的甲骨文是一條河道加「牛」。上古洪水為患，人們以為河神作祟，將牛投入河中獻祭。金文改成「水」（𣲙），以「方」（𣁐）（罪犯）祭水。小篆延續金文字形。楷書將「水」寫成「氵」。

造字本義

　　沉，本義是將牲畜或犯人投入河中獻祭河神，以求平安。引申為沒入水中，如「沉沒」。或往下降落，如「沉下臉來」。或形容迷戀，如「沉溺於玩樂」。

河伯娶妻 二〇二五年 陳世憲

中鋒寫沉的草書，線條沉靜，思慮清楚，決策果斷。

禮
ㄌㄧˇ

巫禮

　　穿戴整齊的巫師即將進行巫禮了，這位巫師是個奉了首領之命、有專業官職的巫官。今天的祭禮是將琮璧合獻，供桌上放了玉璧、玉琮、鼎食、豆器、酒器等等，禮儀相當繁複。巫師先把象徵祖靈柱的桃木棍插在放滿玉琮的旗杆座上，然後將整個旗杆座埋在土壇中間的坑穴裡，這樣祖靈柱才會穩定而不會搖晃倒下。巫師又取了兩片斧狀的耘壇器出來，這是一種壓平事物用的玉器。在壓平以前，巫師們會先以雙手摩挲這些玉石，向天祈禱後，親吻，然後才會放在坑穴裡面。這些玉石有各式各樣的造型和大小，色彩眾多，黃色、紅色、綠色都有，美麗豐富至極。接著，巫師用耘壇器將許多玉石的碎片、瑪瑙或小璞玉等等，撥掃到坑穴中，壓到平整扎實以後再耘平，如果只是用砂土掩埋旗杆座的話，一旦有大風來襲，祖靈柱還是會倒塌的。當這些祭禮都完成後，巫師便開始擊鼓、唱歌、跳舞，以娛樂各方神明。部落的首領和其他的長官們在旁垂手恭立，祈求有個平安順利的一年。

漢字小學堂

甲骨文 ⬚　金文 ⬚　小篆 ⬚　楷書 禮

　　「豊」是「禮」的本字。「豊」的甲骨文「⬚」，是由玉串（⬚）加上有腳架的樂器「壴」（⬚），組合成擊鼓獻玉、敬奉神靈的意思。金文加上「示」另造「禮」，強調祭拜的含義。

造字本義

　　禮，本義是祭祀用的禮器。也是儀式，如「祭禮」。現在指人的行為規範，如「禮節」。引申規矩恭敬的態度或行為，如「行禮如儀」、「彬彬有禮」。或指餽贈的東西，如「禮物」。

巫禮 二〇一五年 陳世憲

禮物眾多，示字乃天上降幅，豆字乘載故強壯。

房裡只有一個女巫和一個孕婦，孕婦躺在床上，因為一波波的陣痛而呼叫起來，但嘴裡咬著的一塊布稍微降低了音量，她的家人正在門外乾著急。女巫安慰孕婦：「孩子等一下就出來了。」她打開裝滿器具的包裹，這些工具都有不同的尺寸、造型和用途，有些還有巫術的作用。古時人們認為疾病是因為動植物或人死後，鬼魂附在活人身上造成，所以包裹裡有一種像杵的工具可以驅趕病魔。只是女巫現在面對的問題與妖魔無關。她拿起一支如同箭矢般尖銳的石錐，在孕婦的幾處穴道上刺了幾下，孕婦的痛楚奇異的減輕了。豆大的汗珠從女巫的額頭上滴下，她按壓一下孕肚，察覺裡頭胎兒的位置有點不正，幸好只是頭部略有歪斜，沒有對正產道，並不是頭上腳下的難產，否則就算神仙降臨，也難以救治了。她伸手擦去額上的汗。刺激完穴道後，放下石錐，女巫開始在孕婦的肚子上畫圓、按壓，讓胎兒的頭慢慢正對產道，忙了老半天，好不容易孩子終於出生了。

**漢字小學堂**

　　「醫」的甲骨文是容器裡有箭矢，可能是古代的針灸工具。金文多了手持器具的「殳」（殳）及「酉」（酒），表示醫療時用酒來消毒，手持手術刀或針灸。小篆延續甲骨文字形。

**造字本義**

　　醫，本義是醫療，也指醫生。古人認為醫療是神奇的事，就賦予巫術的色彩，認為疾病是死亡的人、動植物的鬼魅附身，所以有的驅魔儀式也被當成醫療行為。

黑色上挑，銳利針灸，此乃東方之醫術。

# NOTE

# NOTE

**國家圖書館出版品預行編目資料**

漢字學堂：畫說地球與萬物的故事／高詩
佳，陳世憲著. ──初版.──臺北市：五南，
2016.07
　　面；　公分
　　ISBN 978-957-11-8572-9（平裝）

1.漢字　2.通俗作品

802.2　　　　　　　　　　　105004503

1X8S 悅讀中文

# 漢字學堂
## 畫說地球與萬物的故事

作　　者 ─ 高詩佳（193.2）　陳世憲

發 行 人 ─ 楊榮川

總 編 輯 ─ 王翠華

主　　編 ─ 黃惠娟

責任編輯 ─ 蔡佳伶

封面設計 ─ 黃聖文

出 版 者 ─ 五南圖書出版股份有限公司

地　　址：106台北市大安區和平東路二段339號4樓

電　　話：(02)2705-5066　　傳　　真：(02)2706-6100

網　　址：http://www.wunan.com.tw

電子郵件：wunan@wunan.com.tw

劃撥帳號：01068953

戶　　名：五南圖書出版股份有限公司

法律顧問　林勝安律師事務所　林勝安律師

出版日期　2016年7月初版一刷

定　　價　新臺幣350元

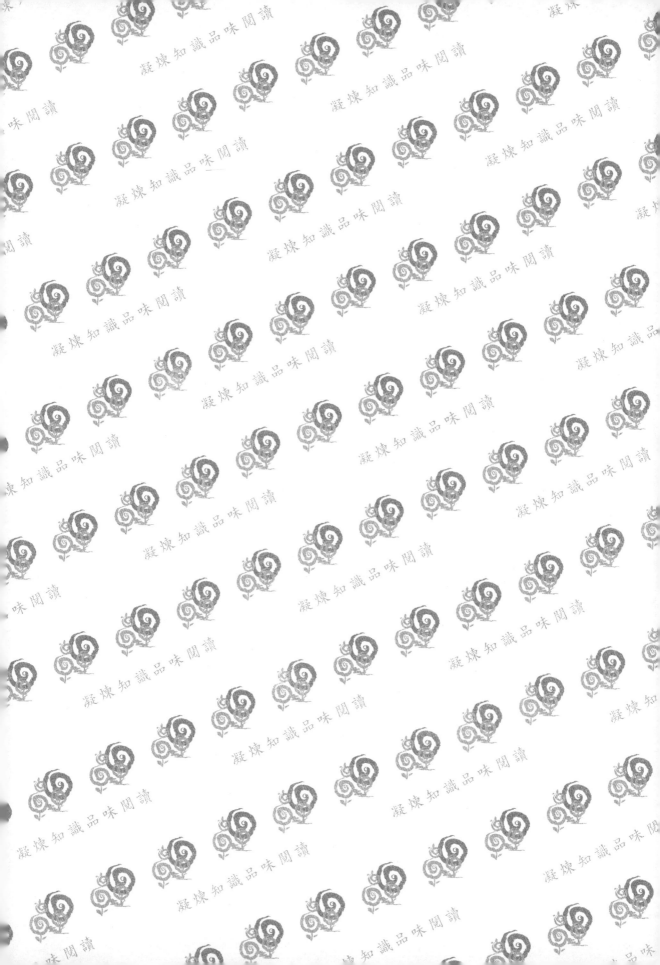